Über dieses Buch: Als letzte Vertreter ihrer Art leben Harry und Max in der Katinkastraße, die zwanzig Jahre zuvor eine Hochburg der regionalen Alternativszene gewesen war. Ihren Lebensunterhalt bestreiten sie aus einem »übrig gebliebenen« Solidaritätskonto zugunsten einer südlichen Befreiungsbewegung. Als diese Einkommensquelle versiegt, beschließen sie, die zahlreichen Produktideen, die sie bisher nur so zum Zeitvertreib kreiert haben, allen Ernstes und meistbietend zu verkaufen. Allerdings ist ihr Verkaufstalent begrenzt, und so bleibt der Erfolg aus. Daran ändert auch die Verkäuferschulung nichts, die ihnen die energische und lebenslustige Tanja angedeihen lässt. Die Sache steht wirklich schlecht für die beiden und würde womöglich in einer depressiven Verstimmung enden, gäbe es da nicht auch noch den algerischen Bauarbeiter Hassan Rahmani, der auf einer in der Nähe entstandenen Großbaustelle, ungeachtet seiner tatsächlichen Herkunft und Nationalität, die Position des »Türken« innehat.

JOHANNES BOETTNER versuchte sich als Fabrikarbeiter, Weltverbesserer, Hausbesetzer, Sozialarbeiter und Sozialforscher. Dann wurde er Professor. Fast zwanzig Jahre lang bemühte er sich, jungen Leuten die Kunst der Sozialen Arbeit zu vermitteln. Dann war auch das vorbei. Jetzt sitzt er nur noch so herum und schreibt Geschichten. Oft sitzt und schreibt er in Berlin, manchmal in der Prignitz, selten woanders.

Johannes Boettner

Die Erfindung der Dampfzigarette

oder: Von der Untreue kreativer Ideen

Roman

© Johannes Boettner, Berlin 2022

Lektorat: Juliane Trebus
Umschlaggestaltung und Layout: Miriam Bauer Illustration, Berlin
ISBN: 978-3-9824947-0-8

Autorenanschrift: Bundesplatz 5, 10715 Berlin
E-Mail: boettner@mailbox.org

Inhalt

1
Rumms!

Triumphierend musterte Planungsdezernent Silberstein die sechs Männer und zwei Frauen, die sich im kleinen Konferenzsaal zur interdisziplinären Taskforce »Rhein.Ruhr.Metropole 2000+« versammelt hatten. In dem halb abgedunkelten Raum war es plötzlich sehr still geworden. An der Wand leuchtete die Projektion eines Stadtplans. Davor stand Silberstein und genoss den Anblick der schockierten Gesichter.

»Hier, ganz genau hier kommt unser Leuchtturm hin«, hatte er zuletzt gesagt und mit dem Pointer die Stelle angezeigt, die er meinte.

»Unser Leuchtturmprojekt? … Da …?«

Als Erste fand die Dame vom Grünflächenamt ihre Sprache wieder. »Aber Herr Silberstein«, stammelte sie, »das ist ja … nein, also wirklich … eine wahnsinnig schwierige Gegend dort, sozial und auch ökologisch, ganz, ganz schwierig. Wer da jetzt noch wohnt … Also ich sag mal so: Normale Leute trauen sich da gar nicht mehr hin.«

»No-go-Area!«, warf der Kollege vom Ordnungsamt ein.

»Wie dem auch sei«, ergriff jetzt der Streber vom Liegenschaftsamt das Wort, »eine derart exponierte bauliche Intervention an dem Standort, das ist – nun ja, ich würde mal sagen, nicht eben frei von Risiken.« Er glaubte, sich so ausdrücken zu müssen, obwohl sein erster Einfall schlicht und einfach »passt wie die Faust aufs Auge« gewesen war.

»Eben drum«, dröhnte Silberstein jetzt, »mitten rein damit in das Desaster! Mit der Faust voll aufs kaputte Auge. Rumms! Den Absturz aufhalten! Den Trend umkehren! Darum geht's. Und dafür braucht es jetzt mal ein richtig starkes Signal. Etwas Wuchtiges, das jeder sofort mitbekommt, in der ganzen Stadt, im ganzen Ruhrgebiet, ja, sogar in Holland müssen die Leute noch aufhorchen und sagen: Mensch, da passiert ja mal richtig was Neues. Da ist Energie!«

Ja, der Silberstein, so kannten sie ihn. »Wir müssen groß denken!« – Das war bei ihm schon eine Art Spleen. Und alle in der Stadtverwaltung wussten auch, wo er sich den Spleen eingefangen hatte. Aufgewachsen im Bergischen Land und dann ab in die Global City: Wolkenkratzer, Bankenstadt und Häuserkampf und er mittendrin, erst als Student und später auch noch als junger Planer. In der Mainmetropole hatte er seine zweite Geburt erlebt, seine Geburt als Weltstädter und Metropolit, und deshalb musste heute, wer ihm widersprach, immer darauf gefasst sein, von ihm als beschränkt, ängstlich oder gar – Todesurteil! – provinziell abgekanzelt zu werden. Das wollte niemand, weshalb jetzt erneut ein Moment der Stille eintrat. Dann räusperte sich der junge Mann, den der Kämmerer in die Taskforce entsandt hatte.

»Und das Geld von der EU kommt sicher?«, fragte er.

»Alles in trockenen Tüchern«, antwortete der Herr vom Hauptamt, Sachgebiet Organisation und Projektmanagement, der neben Dezernent Silberstein stand und zu dessen Ausführungen wie im Takt genickt hatte. Die Verteilungskämpfe um Fördermittel seien seit der Wende zwar härter geworden, aber als Ziel-2-Gebiet habe die Stadt im Moment immer noch recht gute Karten. Allerdings wisse niemand, wie die Geschichte weitergehe. Es könne durchaus sein, dass der Mittelzufluss in den Westen spätestens ab 96 versiege oder jedenfalls gewaltig schrumpfe, »so laut wie unsere lieben Brüder und Schwestern im Osten zurzeit schreien.« Daher sei es ja auch so wichtig, jetzt noch schnell alles mitzunehmen, was sich irgendwie mitnehmen lasse. »Aber darin sind wir ja eigentlich ganz gut«, fügte er noch leise und zaghaft lächelnd hinzu.

*

Da hatte er recht, und so kam es, dass wenige Jahre später tatsächlich eine Baustelle von beachtlicher Größe in einem jener verlorenen Winkel der Stadt entstanden war, wo zuvor niemand mit einer – und sei es auch nur ganz kleinen – Baustelle gerechnet hätte. Aber jetzt war sie da, und am Bauzaun prangte groß das Logo der Firma »Hoch und Tief – Bauen für die Umwelt«, die ihre besten Mitarbeiter für das Projekt abgestellt hatte. So wurde jedenfalls behauptet.

Zu diesem Kreis der vermeintlich Besten gehörte auch ein Vorarbeiter, der allerdings für Silbersteins unkonventionelle Standortentscheidung von Anfang an wenig Verständnis aufgebracht hatte. Die Gegend gefiel ihm nicht, und sie gefiel ihm von Tag zu Tag weniger. »Alles nur Türken, Kriminelle und arbeitsscheues Gesindel, was hier so rumläuft«, behauptete er. »Leute, passt bloß auf euer Werkzeug auf, die klauen hier wie die Polen.« Der Mann war genervt, und am allermeisten nervte ihn ein Ereignis, das sich an der Baustelle täglich wiederholte und auch jetzt wieder unmittelbar bevorstand.

»Da kommen die beiden Klugscheißer wieder«, stöhnte er und verdrehte die Augen zum Himmel. Seine Männer blickten auf und musterten verstohlen die beiden Gestalten, die soeben aus einer der Nebenstraßen getreten waren und sich nun der Baustelle näherten. Die Bauleute wussten, was als Nächstes geschehen würde. Die beiden würden an der Baustelle stehen bleiben und den Fortgang der Arbeiten eine Weile beobachten. Sie würden das Gesehene ausführlich kommentieren und schließlich Verbesserungsideen erörtern, die dem Vorarbeiter stets aufs Neue bewiesen, dass diese Leute ihr Lebtag noch keine Bekanntschaft mit anständiger Arbeit gemacht hatten. Der Vorarbeiter musste es wissen. Zweiundzwanzig Jahre war er jetzt bei der Firma, aber so einen Quatsch hatte er in all den Jahren noch nicht gehört. Die beiden waren ja noch beschränkter als Hassan, der Türke, und das wollte was heißen. Der Vorarbeiter konnte nur lachen über die dilettantischen Ideen, die da hinter dem Bauzaun allen Ernstes und laut, unverschämt laut, diskutiert wurden. Das war weit, ganz weit unter seinem Niveau und eine fachliche Stellungnahme nicht wert. Deshalb wartete er mit seinen höhnischen Kommentaren, bis die beiden ihren Weg fortgesetzt hatten und außer Hörweite waren.

Der eine Spaziergänger, den der Vorarbeiter seiner dicken Brillengläser wegen Froschgesicht nannte, steuerte dann gewöhnlich einen Kiosk an, wo er Zigaretten kaufte und Coca-Cola in Büchsen. Der andere, der niemals ohne seine auffallende Kopfbedeckung gesehen wurde und deshalb vom Vorarbeiter Rotkäppchen getauft worden war, verschwand in Richtung Hauptstraße und kehrte alsbald mit einer gut gefüllten Brötchentüte zurück. An der Baustelle trafen die beiden wieder zusammen, überdachten ihren Vorschlag noch einmal von allen Seiten und ließen, wenn sie endlich verschwunden waren, einen abfällig grinsenden Vorarbeiter zurück. Die Arbeiter bekundeten dann ihr Einverständnis, indem sie sein Grinsen erwiderten und wie fassungslos die Köpfe schüttelten. Nur einer von ihnen hielt sich auffallend zurück und schien das Gehörte ernsthaft zu bedenken. Das war Hassan Rahmani, der ungeachtet seiner algerischen Herkunft und seiner französischen Staatsbürgerschaft auf der Baustelle die Position des »Türken« innehatte.

2
Die Kleinkunst in der Kunst des Jagens

Anders als Max, der den grollenden Vorarbeiter zwar bemerkt hatte, ihm aber keine Beachtung schenkte, ahnte Harry, alias Froschgesicht, noch gar nichts von der feindseligen Stimmung, die auf der Baustelle grassierte. Harry war von einer Arglosigkeit, die man auch »Aversionsblindheit« nennen könnte, und auch von dieser Wahrnehmungsstörung wusste er nichts. Im Gegenteil. Er war stolz auf seine scharfsichtige Beobachtungsgabe und seinen hoch entwickelten analytischen Verstand. Er hielt sich für einen Mann, dem nichts entging, für einen begnadeten Entdecker hielt er sich, und so paradox es klingen mag – er hatte recht damit.

Allerdings waren seine Entdeckungen solche besonderer Art. Es ist ja so: Wenn einer ein großer Mathematiker sein will, obwohl er nur das kleine Einmaleins kann, dann bleibt ihm gar nichts anderes übrig, als dem kleinen Einmaleins eine große mathematische Abhandlung zu widmen. Harry war so einer. Zwar wollte er kein großer Mathematiker sein, aber seine sogenannten Studien hatten etwas mit großen mathematischen Abhandlungen über das kleine Einmaleins vergleichbar Eigenartiges – »Originalität« könnte man sagen, wenn man es gut mit ihm meint.

Max meinte es gut mit Harry. Er bewunderte ihn der Eigenart seiner Forschungen wegen, und es störte ihn auch nicht, dass diese öfter im Liegen als im Sitzen oder Stehen unternommen wurden. Sicher, Harry verhielt sich manchmal ein bisschen schrullig, aber für Max war diese Schrulligkeit nur eine Nebenwirkung seiner Genialität. Er akzeptierte das.

Auch jetzt protestierte er nicht, als Harry mal wieder ein soeben noch lebhaft geführtes Gespräch abrupt unterbrach und in eine Art Wachkoma versank. Max kannte das und wusste, Harry würde bis auf Weiteres unansprechbar bleiben. Es würde eine Weile dauern, doch dann würde er aus seinem derzeitigen Zustand wieder erwachen, er würde seine neuste Entdeckung kundtun und ihm, Max, Gelegenheit geben, sie auf ihre praktische Anwendbarkeit hin zu überdenken. Bis es so weit war, musste Max sich in Geduld üben, und das tat er. Er ging ans Fenster, öffnete es. Dann drehte er sich wieder um und betrachtete den im Bett liegenden Freund, dessen Augen übergroß in den dicken Gläsern seiner Brille schwammen.

Hinter Harrys Kopf glänzte die Raufaser von Haarfett durchtränkt, ein speckiger Heiligenschein auf der sonst kahlen Wand. In den Zimmerecken und an der Decke hingen zahllose Spinnweben flauschig herab oder waren aufgespannt zu großen Netzen, die Harry liebte und vor der Zerstörung bewahrte wie seltenes Gewächs. Wegen der Spinnweben wirkte das Zimmer nicht leer, obwohl es spärlich möbliert war. Außer dem Bett gab es noch einen Tisch und einen zerschlissenen Sessel, der auf eine Holzkiste montiert und dadurch zur Höhe der Tischplatte ins richtige Verhältnis gebracht worden war. Die Tischplatte war überzogen mit einer dicken, klebrigen Glasur, bestehend aus Zucker, Tee, Tabakresten, Zigarettenasche und allerlei Undefinierbarem, abgelagert und verkrustet über Jahre. Darauf klebte ein Schreiben der Stadtbibliothek, Mahngebühren in beachtlicher Höhe betreffend. Die durch ihre Signaturen als öffentliches Eigentum ausgewiesenen Bücher lagen aufgeschlagen oder in kleinen Stapeln auf dem Fußboden und auf einem kniehohen Podest, das ein Drittel der Zimmerfläche einnahm. Das Podest war mit alten, wertlosen Teppichen und zwei Steppdecken belegt. Die Steppdecken dienten als Matratzenersatz. Darauf lag Harry und schwieg.

»Als wär's eine riesige Landschaft«, hatte er zuletzt gemurmelt und war dann verstummt. Sein Blick haftete an einer Fliege, die in den Falten des Bettlakens herumirrte wie in einer Berglandschaft aus Stoff. Die Fliege erklomm einen Gipfel, machte aber, oben angekommen, sofort wieder Anstalten, hinabzusteigen in die Scharte zwischen Harrys Knien. Sie krabbelte ein Stück in diese Richtung, besann sich dann wieder anders, kehrte um, krabbelte in verschiedene Richtungen, schlug sinnlose Haken, drehte sich um die eigene Achse und war jetzt offenbar vollkommen verwirrt. Schließlich blieb sie stehen und schlang die Vorderbeine umeinander. Als müssten die Beine sich dabei verheddern, so sah es aus, und dann wieder, als kratze sich die Fliege am Kopf. Währenddessen näherte sich ihr langsam, aber stetig Harrys Hand. Zunächst schien die Fliege von der drohenden Gefahr nichts zu bemerken, aber dann plötzlich erstarrte sie. Den Kopf leicht gesenkt wie der Stier in der Arena, wenn alles den Atem anhält und der Torero zum entscheidenden Stoß ansetzt, verharrte die Fliege in angespannter Reglosigkeit. Auch Harry hielt jetzt inne und beließ seine Hand, wo sie war. Das Experiment, denn um ein solches handelte es sich, hatte einen kritischen Punkt erreicht und konnte bei der leisesten Regung in eine neue Phase eintreten. Da die Hand jedoch unbewegt blieb, löste sich die Fliege wieder aus ihrer Erstarrung, setzte ihr Putzen fort und gab Harry so Gelegenheit zu einem ersten Resümee. Unter der Bedingung Sichtkontakt, so viel stand fest, war die langsame Annäherung die einzig mögliche Form des Anschleichens. Harry suchte nach einer griffigen

Formel und fand: Langsamkeit ersetzt Deckung – wieder ein Sachverhalt, der in der »Kunst des Jagens«, angeblich ein Standardwerk, mit keiner Silbe erwähnt worden war. Vor Jahren hatte Harry das Buch in der Stadtbücherei entdeckt und nach der Lektüre enttäuscht beiseitegelegt. Nun aber hatte die Fliege in ihm die Erinnerung an die »Kunst des Jagens« geweckt, und mit dem Titel war ihm auch die Ursache seiner damaligen Enttäuschung wieder eingefallen. Der vielversprechende Klappentext hatte das Buch als ein Standardwerk gepriesen, in welchem die Jagd, »diese Urform menschlichen Handelns«, in ihrer ganzen Vielfalt zur Darstellung komme. Tatsächlich hatte der Verfasser sich lang und breit ausgelassen über Treibjagd und Großwildjagd, Jagdstrategien und Jagdtrophäen; sogar die Fotosafari war ihm eine Anmerkung wert gewesen. Und doch war ihm etwas Wichtiges entgangen. Es war ihm entgangen die Kleinkunst in der Kunst des Jagens: die Jagd auf Mücken, Fliegen und andere Insekten – und Harry war im Begriff, diese Lücke zu füllen. Darum führte er seine Hand jetzt doch noch etwas näher an die Fliege heran und – Da! Es war, wie er vermutet hatte. Ein Summen, die Fliege entkam. Harry hatte jenen neuralgischen Punkt erreicht und überschritten, da dem Opfer auch die langsamste Annäherung unbehaglich wird und der Jäger sie deshalb von minimaler auf maximale Geschwindigkeit beschleunigen muss. Eine Sache der Erfahrung, dachte Harry, der kein erfahrener Kleinstwildjäger war und auch nicht werden wollte.

Harry jagte in anderen Revieren. Er war besessen von einem ebenso mächtigen wie diffusen Wunsch nach Erkenntnis. Der Erkenntnis zuliebe hatte er einen beträchtlichen Teil seines nicht mehr ganz jungen Lebens in den Räumen der städtischen Leihbücherei zugebracht. Dort hatte er sich einen verschlungenen Weg gebahnt durch Abteilungen und Unterabteilungen, Standorte, Sachgebiete und Themenfelder und bei diesem interdisziplinären Sturmlauf ein feines Gespür für Wissenslücken entwickelt.

Die Wissenslücken, auf die Harry sich verstand, waren Risse im Alltäglichen; sie klafften zwischen den sogenannten einfachsten Dingen der Welt, die aber in Wahrheit gar nicht einfach waren, sondern nur so schienen und deshalb gewöhnlich übersehen wurden. Nicht so von Harry. Was andere, je öfter sie es sahen, umso weniger bemerkten – Harry bemerkte es. Wissenslücke um Wissenslücke hatte er das Nächstliegende und Selbstverständlichste, das Reich vermeintlicher Ist-doch-Klarheit abgeschritten wie einen fernen, noch unerforschten Kontinent. Und vielleicht würde seine Expedition eines Tages wirklich an ein Ende gelangen. Dann würde er seinen lang gehegten Plan ausführen und die Ergebnisse seiner Erkundungen zu Papier bringen. Unter seiner Autorschaft würde dann jenes epochale Werk erscheinen, das nicht nur eine, sondern gleich mehrere Fachwelten erschüttern würde, denn es enthielte die vergessenen Kapitel zahlreicher Standardwerke.

Wie die Dinge jetzt lagen, würden auch ein paar geistreiche Passagen über die Kleinkunst in der Kunst des Jagens ihren Platz darin finden, eingeleitet vielleicht mit einer humorigen Bemerkung über die Fliege bei Wilhelm Busch. Die Insektenjagd in der komischen Literatur war ja überhaupt ein interessantes Thema. Dann das Jägerlatein auf dem Felde der Kleinstwildjagd mit der Geschichte vom tapferen Schneiderlein als unverzichtbarem Beispiel. Dann die Ausrüstung. Über die Fallenstellerei mittels Fliegenstreifen ließe sich einiges sagen, das aber nur am Rande. Anders die Fliegenklatsche, die ja das klassische Jagdwerkzeug des Kleinstwildjägers war und ausführlich gewürdigt werden musste. Dann die Industrialisierung der Kleinstwildjagd und der Bedeutungsverlust handwerklichen Könnens durch den Gebrauch von Insektensprays. Hier entstand freilich ein terminologisches Problem. Konnte man den Einsatz chemischer Massenvernichtungswaffen überhaupt noch als Jagen bezeichnen? Und mit welchem Recht führten die professionellen Anwender solcher Mittel auch heute noch den Titel Kammerjäger als Berufsbezeichnung? Von einer Jagd im eigentlichen Sinne konnte hier ja wohl nicht mehr die Rede sein – oder doch?

Harry wandte sich an Max, der inzwischen mit dem Rücken zu ihm auf der Fensterbank saß und die Beine nach draußen baumeln ließ.

»Kann man Vergiften als Jagen bezeichnen?«

Normalerweise hätte Max das Gesprächsangebot dankbar aufgegriffen. Doch jetzt überhörte er die Frage. Er blickte in den wolkenlosen Hochsommerhimmel und hatte das ungute Gefühl, dass etwas Grundlegendes nicht in Ordnung war. An der Luft lag es nicht, die war heute sogar ungewöhnlich klar. Ein gnädiger Wind hatte den Industriedunst, der sonst in den Straßen des Viertels hing, über den Fluss in die Wohngebiete der besseren Leute geweht. Und es war auffallend ruhig in der Straße. Normalerweise tobte in der Katinkastraße ein akustischer Kulturkampf, der mithilfe von Autoradios und hochkarätigen Wohnzimmerstereoanlagen bei geöffneten Fenstern oder gleich auf offener Straße ausgetragen wurde. Doch jetzt war in diesem musikalischen Bürgerkrieg – türkische Schicksalsschnulze gegen Heavy Metal, Peter Maffay gegen alle – eine Feuerpause eingetreten. Es fehlte auch das übliche Kindergebrüll und das Gezeter überforderter Mütter. Keine Tür, kein Fenster knallte im Wind, kein Hund kläffte, kein Betrunkener johlte und niemand ließ den Motor seines frisch getunten GTX-SuperST aufheulen. Einen Augenblick lang war es vollkommen still. Max horchte in die Stille hinein – und vernahm einen herzzerreißenden Schrei.

*

Juliane Alsbeck stand im Vorgarten ihres Eigenheims, das nicht nur das einzige Einfamilienhaus in der Katinka war, sondern auch sonst dort reichlich deplatziert wirkte. Ehemals Bestandteil einer inzwischen längst abgerissenen Bergarbeitersiedlung, war das Alsbeck'sche Anwesen in den Sechzigerjahren mittels Rundumverklinkerung, einer repräsentativen Tür und großen Blumenfenstern den Neubauten ähnlich gemacht worden, die damals am Niederrhein in großer Zahl entstanden. Die Alsbecks – damals lebte Herr Alsbeck noch – hatten sich dafür in große Unkosten gestürzt und eine buchstäblich unverrückbare Tatsache schlichtweg übersehen. Das Haus stand ja nicht drüben auf der anderen, der besseren Rheinseite, sondern mitten in der Katinka. Und weil die Katinka eben die Katinka war, waren die alten Nachbarn, sofern sie mit dem hausgewordenen Lebensentwurf der Alsbecks übereinstimmten, einer nach dem anderen weggezogen und hatten Leuten das Feld überlassen, derentwegen Juliane Alsbeck schon ganze Müllberge aus ihrem Vorgarten entfernt hatte. Containerweise hatte sie Plastiktüten, Coca-Cola-Dosen, Papierfetzen und Schnapsflaschen eingesammelt. Mehr als einmal hatte sie durchnässte Polstermöbel, bizarr verbogene Kinderwagen und anderen Sperrmüll gefunden, sogar Kondome und zerrissene Slips hatten schon in den Sträuchern gebaumelt. Jedes Mal hatte Juliane Alsbeck geflucht und gedroht und verbissen ihren Vorgarten verteidigt gegen die Verslumungstendenz, die in der Katinka immer mächtiger wurde. Und nun das!

Blass vor Zorn starrte sie auf das Blumenbeet, in dessen Mitte jemand unverkennbar und mit beträchtlichem Erfolg seine Notdurft verrichtet hatte. Juliane Alsbeck wäre unweigerlich erstickt an ihrer Wut, hätte sie nicht geschrien, aber sie schrie, und wie sie schrie. Ihr Schreien erfüllte die ganze Straße, die Wohnungen, schoss die Fassaden hinauf, übersprang die Dächer und ließ sogar in den Nachbarstraßen die Leute noch aufhorchen.

Die Anwohner erschienen an den Fenstern, einige legten ein Kissen unter, und alle freuten sich auf eine unterhaltsame Vorstellung. Dankbar für jede Abwechslung, begafften sie die arme Juliane Alsbeck, die schreiend und zeternd in ihrem Vorgarten stand wie auf einer Freilichtbühne. Ihr hysterisches Kreischen hatte sogar Harry erreicht und war wie eine verrostete Säge durch das fein gesponnene Netz seiner Hypothesen gefahren.

»Was ist denn da los?«, fragte er und gesellte sich zu Max ans Fenster.

»Die Alsbeck tickt wieder aus«, sagte Max.

»Das asoziale Pack gehört in der eigenen Scheiße ersäuft und an den Eiern und Titten aufgehängt!«, kam es von unten.

»Mein Gott«, staunte Max, »wenn die sich vergisst, dann aber richtig. Dabei tut sie sonst immer so vornehm.«

Harry winkte ab. »Du hättest die früher mal hören müssen«, sagte er und übersah den Ausdruck des Missfallens, der bei dem Wort »früher« über Max' Gesicht huschte.

Max mochte die Wendung nicht, denn sie schloss ihn aus. Wenn Harry von früher sprach, dann meinte er jene drei bis vier Jahre, da die Katinka eine landauf, landab bekannte Hochburg der Alternativszene gewesen war. Die Spontis, Aussteiger und Lebensreformer der gesamten Region waren damals in diese Straße gezogen, um an der besonderen Atmosphäre teilzuhaben, die man im Jargon der Zeit das »Katinka-Feeling« nannte.

Der armen Juliane Alsbeck hatte sich das alles als ein einziges Sodom und Gomorrha ins Gedächtnis eingebrannt. Sie war der festen Überzeugung, dass die damalige Invasion der Katinka, deren Ruf auch vorher schon nicht mehr der beste gewesen war, endgültig den Rest gegeben hatte. Sogar in der Zeitung war über den »Freistaat Katinka« berichtet worden. Und weil das Schicksal oft ungerecht, aber selten ohne Humor ist, hatte dieser Staat im Staate ausgerechnet im nestflüchtigen Nachwuchs jener mittelständischen Häuslebauer, mit denen Juliane Alsbeck lieber heute als morgen getauscht hätte, seine glühendsten Anhänger gefunden.

Harry hatte das alles selbst miterlebt, aber Max war ein Nachzügler. Als Max nach einer Serie vorzeitig abgebrochener Ausbildungsversuche, einem häuslichen Rausschmiss väterlicherseits, einem geplatzten Existenzgründerkredit und einer gescheiterten Ehe endlich seinen Weg in die Katinka gefunden hatte, traf er dort nicht mehr das bizarre Völkchen idealistischer Weltverbesserer und versponnener Bohemiens an, sondern als deren alleinigen Platzhalter nur noch Harry, der im Freistaat Katinka ein Mann sowohl der ersten wie auch der letzten Stunde war.

Max fand ihn damals trottelig und verschlafen. Von Sympathie konnte nicht die Rede sein, nicht bei ihrer ersten Begegnung. Dieser Mensch kratzte sich in einem fort oder fummelte an seinen Haaren herum, und seine Gestik erinnerte an eine schlecht geführte Marionette.

Immerhin hatte dieser Mensch aber eine sehr geräumige und größtenteils leer stehende Vierzimmerwohnung – Platz genug, die fabrikneue Schrankwand, das Tischchen aus Chrom und Glas und die anderen Möbel aufzunehmen, die Max aus der ehelichen Konkursmasse hatte in Sicherheit bringen können. »Ist ja nur für vorübergehend«, hatte er sich gesagt und war eingezogen mit dem Vorsatz, möglichst bald wieder auszuziehen. Diesen Vorsatz hatte er auch niemals aufgegeben. Er war ihm unmerklich abhandengekommen, seit jenem Abend, der damit begonnen hatte, dass Max den Whisky aus dem Kühlschrank geholt hatte und mit der Flasche in der Hand in Harrys Zimmer getreten war, neugierig zu erfahren, was dieser eigentlich tat, wenn er stundenlang mit leerem Blick auf dem überhöhten Sessel an dem schon damals bekleckerten Tisch saß und allem Anschein nach gar nichts tat. Zuerst hatte Harry sich verlegen gekratzt und dann stockend, fast stammelnd zu reden begonnen. Max' verständige Fragen, mehr noch als der Whisky, hatten ihm dann aber die Zunge gelöst und Nervosität und Unsicherheit von ihm genommen. Er war ins Plaudern gekommen, und so hatte Max in Harrys Zimmer eine fremde, seltsame und seltsam faszinierende Welt kennengelernt. Die Umzugspläne waren in Vergessenheit geraten, und zwischen ihnen – zwischen dem, was Max seine praktische Ader nannte, und Harrys Hang zur fächerübergreifenden Grundlagenforschung – war eine teils spannungsvolle, teils kongeniale Beziehung entstanden.

Max hatte in dieser Beziehung den Part des Praktikers übernommen und den Ehrgeiz entwickelt, Harrys zweckfreien und gerade seinen zweckfreiesten Grübeleien die nützliche Anwendung beizubringen. Folglich war Max auch weit mehr als Harry für das angeschlagene Nervenkostüm des Vorarbeiters auf der nahegelegenen Baustelle verantwortlich. Es war ja vor allem dieser anmaßende Praxisbezug, was dem Mann so sauer aufstieß an den Unterredungen, die er allmorgendlich mit anzuhören das Missvergnügen hatte. Solche Besserwisserei musste ihn ja in seiner Berufsehre kränken, und die Kränkung wäre sicher noch um einiges schmerzhafter gewesen, hätte er geahnt, dass Max und Harry durchaus kein besonderes Interesse hatten an bautechnischen Fragen.

Wenn sie sich in letzter Zeit regelmäßig mit dieser Thematik befassten, so war das nur ein Zufallseffekt der Silberstein'schen Rumms-Strategie, die ihnen die prächtige Baustelle mit ihren zahlreichen Verbesserungsmöglichkeiten in den Weg gelegt hatte. Harrys Analysen und Max' praktische Schlussfolgerungen konnten sich aber ebenso gut auch an irgendetwas anderem entzünden, an einem Plakat, einem im Vorbeigehen aufgeschnappten Gesprächsfetzen, einem Werbespot im Fernsehen, einem unzulänglichen Haushaltsgegenstand. Mal erfanden sie den In-alle-Richtungen-Schaukelstuhl, dann den gläsernen Kühlschrank mit Dauerbeleuchtung – Prinzip Backofen –, ein anderes Mal konzipierten sie eine bahnbrechende Werbestrategie für ein Produkt, das ihnen zufällig in den Blick gekommen war.

Sie kreierten neuartige Sportarten wie das Zeitlupenlaufen, Slowing genannt; sie entwickelten oscarverdächtige Filmideen, entdeckten ungeahnte Marktlücken und prognostizierten todsichere Trends. Von einer Spezialisierung konnte also nicht die Rede sein, außer vielleicht von der, dass sie mit ihren genialen Projekten noch niemals über das Stadium der zündenden Idee hinausgelangt waren. Ihr unruhiger Geist warf sich bald auf diesen, bald auf jenen Gegenstand und das mit einer Geschwindigkeit, die zur Ausführung gar keine Zeit, ja nicht einmal daran denken ließ. Anders als Harry hielt Max sich zwar für einen Mann der Praxis und war es wohl auch, aber unter Harrys Einfluss war er es doch ausschließlich im Modus des Man-müsste-mal. Solange das Finanzielle stimmte, gab es ja auch gar keine Veranlassung, die Mühen der Realisierung auf sich zu nehmen. Und das Finanzielle stimmte – oder sagen wir richtiger: Es hatte gestimmt.

Eine glückliche Fügung des Schicksals hatte es nämlich so gewollt, dass vor Jahren auf Harrys Namen ein Solidaritätskonto zugunsten einer guten oder jedenfalls revolutionären Sache eingerichtet worden war und einige Spender ihre Daueraufträge lange Zeit ungeprüft hatten weiterbestehen lassen, sei es aus Trägheit, aus Gedankenlosigkeit oder im Ernst. Zwar waren die einlaufenden Beträge im Einzelnen nicht sehr hoch, in der Summe aber doch ausreichend, um Max und Harry einen bescheidenen und für Katinka-Verhältnisse sogar beachtlichen Wohlstand zu ermöglichen. Am beachtlichsten war der schottische Whisky, den Max immer vorrätig hatte und nie zur Neige gehen ließ, ohne rechtzeitig für Ersatz zu sorgen. In allerletzter Zeit waren jedoch Veränderungen eingetreten, die diese Gewohnheit betrafen und Max in stillen Momenten argwöhnen ließen, etwas Grundlegendes sei nicht mehr in Ordnung.

Und in der Tat, genauso wie die hochkomplexe Weltgesellschaft dem Einzelnen ganz unverhofft finanzielle Chancen eröffnen kann, birgt sie auch Risiken und Gefahren, die wie der sprichwörtliche Blitz aus heiterem Himmel in die Sphäre des arglosen Privatmenschen einschlagen können. In unserem Fall schlugen die politischen Umwälzungen in einem kleinen, weit jenseits des Äquators gelegenen Land unmittelbar auf die Verhältnisse in Max' und Harrys Kühlschrank durch. Der Befreiungsbewegung, zu deren Beförderung der Solidaritätsfond, aus dem die beiden ihren Lebensunterhalt bestritten, ursprünglich eingerichtet worden war und von der man jahrelang nichts mehr gehört hatte, war es unlängst gelungen, die Macht im Staate handstreichartig an sich zu reißen. Ein Regime war errichtet worden, dessen nicht eben zimperliche Methoden zunächst Kopfschütteln, dann Abscheu und schließlich einen weltweiten Schrei der Empörung auslösten – mit dem Ergebnis, dass immer mehr Spender sich ihres Dauerauftrags erinnerten und diesen unverzüglich stornierten. Infolgedessen kehrte Max von seinem Morgenspaziergang jetzt nur noch mit Brötchen heim und nicht mehr mit Schinken und Käse, wie es früher normal gewesen war. Harry hatte den Unterschied noch gar nicht bemerkt, und auch Max hätte gut leben können ohne Schinken und Käse. Aber an dem Tag, als es einen Augenblick lang ungewöhnlich still in der Katinka war und Harry über die Kleinkunst in der Kunst des Jagens nachdachte und Juliane Alsbeck in ihrem Vorgarten einen Scheißhaufen entdeckte, an dem Tag ging Max zum Kühlschrank, öffnete ihn und griff, einer alten Gewohnheit folgend, nach der Whiskyflasche, die dort eigentlich hätte stehen müssen, erwischte stattdessen eine Flasche mit Salatöl, goss etwas davon in ein Glas, führte das Glas an die Lippen, bemerkte im letzten Moment seinen Irrtum, kippte das widerliche Getränk in den Spülstein und erkannte, dass etwas Grundlegendes geschehen musste – nicht im Modus des Man-müsste-mal, sondern sofort.

3
Zwei von sechs Millionen

Bahnhofstraße 12a. Die Adresse meinte einen am östlichen Ausgang des Hauptbahnhofs gelegenen Altbau. Die mit dem Emblem des Metropolen-Magazins beklebten Fenster auf der zweiten Etage waren bis auf eines alle geschlossen. Hinter dem geöffneten Fenster flappte ein weißer Vorhang im Wind. Eine leichte Brise war aufgekommen, und vielleicht würde der Abend endlich das Gewitter bringen, das der Wetterdienst schon für den Vortag versprochen hatte. Die Passanten schauten zum Himmel, schnupperten die Luft und gaben sich gegenseitig zu verstehen, da werde wohl bald noch ordentlich was runterkommen. Jetzt aber schnell! Den Büroetagen für heute entronnen, hofften sie den Heimweg noch trockenen Fußes zu schaffen.

Auch die meisten Mitarbeiter des Metropolen-Magazins waren schon gegangen. Nur Eberhardt Nachtigall, seinen Lesern besser bekannt unter dem Pseudonym Vogel, saß noch mit hochgelegten Beinen am Schreibtisch und telefonierte. Wegen der Hitze hatte er sich gegen die Doppelverglasung entschieden und damit für den Verkehrslärm und die blechernen Lautsprecherdurchsagen, die vom Bahnhof herüberschallten.

Ein Luftzug wallte den Vorhang, schlug ihn zur Seite. Vogel schaute auf. Das Deckblatt eines Manuskripts sprang hoch, flatterte durch den Raum und landete in seiner Nähe. Er angelte mit der freien Hand danach, kam aber nicht heran und wandte sich wieder ganz dem Telefongespräch zu. »Sechs Millionen Menschen«, flüsterte er – und noch einmal, beschwörend: »Sechs Millionen Menschen, mach dir das klar. Die leben hier auf einer Fläche wie Groß-London, Los Angeles oder so. Verstehst du, was ich sagen will? Den Dimensionen nach leben wir hier in einer Weltstadt. X Theater, x Unis, x Opernhäuser und sechs Millionen Menschen, und keiner merkt was davon. Das ist der Mist. Ruhrgebiet, Revier, Kohlenpott – wie sich das schon anhört! Erzählst du in Berlin, wo du herkommst, sofort halten sie dich für einen Provinztrottel. So ist das. Und warum?«

Die Frage klang, als hätte Vogel sie am liebsten selbst beantwortet, aber dann schwieg er und hörte, unwillig den Kopf schüttelnd, die Erklärung an, die am anderen Ende der Leitung gegeben wurde. »Sicher, sicher«, sagte er, wie wenn man einen lästigen Widerspruch einräumt, um ihn aus dem Weg zu haben, »die eine, alles überragende City gibt es hier nicht. Aber was nicht ist, kann ja noch werden, und außerdem könnte man ja in der Dezentralität auch das Besondere sehen. Denk nur mal an Los Angeles. Alle großen Städte haben schließlich ihre Eigenheiten. Nein, nein, daran liegt es nicht. Ich sage dir den wahren Grund. Es gibt hier nicht nur x Museen, Theater, Universitäten und was sonst noch alles, es gibt hier auch x Oberbürgermeister, Stadtdirektoren, Planungsdezernenten und, und, und – durch die Bank mittelmäßige Gestalten, die auch wissen oder jedenfalls ahnen, dass sie mittelmäßig sind, und die deshalb an ihren kommunalen Thrönchen haften wie festgeschweißt.« Vogel verzog das Gesicht zu einem genüsslich angewiderten Grinsen, das aber sofort wieder verschwand.

»Wer sagt das?«, fragte er scharf. Die Antwort brachte ihn vollends in Habachtstellung. Er nahm die Füße vom Tisch, zog den Stuhl näher heran und saß jetzt hinter seinem Schreibtisch wie fertig zum Sprung. Er sprach leise und schnell und erklärte seinem telefonischen Gegenüber, dass der, auf den da die Rede gekommen war, ein gewisser Daniel, neuerdings einen halben Meter über dem Boden schwebe, bloß weil er im FAZ-Magazin eine seiner aufgedonnerten Reportagen untergebracht habe. Seither glänze jener Daniel in der Redaktion des Metropolen-Magazins überwiegend durch Abwesenheit, und wenn er wider Erwarten doch einmal hereingeschneit komme, parliere er nur großartig herum, um alsbald und ohne durch eine nennenswerte Arbeitsleistung aufgefallen zu sein, wieder zu verschwinden. Wenn Daniel so weitermache, dann sei er für das Metropolen-Magazin bald nur noch ein überflüssiger Kostenfaktor. Das klinge zwar hart, sei auch hart, aber professioneller Journalismus …

So flüsterte Vogel ins Telefon, verriet dann aber nicht, was es mit professionellem Journalismus auf sich habe, sondern hielt plötzlich inne und lauschte auf ein Geräusch im Nebenraum.

»Ist da noch jemand?«

Die Tür wurde geöffnet und herein kam Harry.

Vogel blinzelte irritiert, stutzte, erkannte. »Nein!«, rief er, teils ins Telefon, teils an Harry gewandt. »Ich glaube, ich träume.« Er hatte vage mit der Möglichkeit gerechnet, dass Daniel ausgerechnet heute, ausgerechnet jetzt der Redaktion einen seiner überflüssigen Besuche abgestattet und die nicht eben schmeichelhaften Äußerungen über seine Person mitangehört haben könnte. Erleichtert winkte er Harry herein, bedeutete ihm, Platz zu nehmen, und erklärte seinem Gesprächspartner am Telefon, soeben habe der Harry den Raum betreten – jener Harry, der schon damals in der Katinka mit dabei gewesen sei und dem rein äußerlich, man sollte es nicht für möglich halten, kaum eine Veränderung anzumerken sei. Sogar die Haare raufe er sich noch genauso wie früher.

Als Vogel den Telefonhörer aufgelegt hatte, bedachte er seinen Besucher mit einem wohlwollenden Lächeln und lehnte sich dann schweigend zurück, als wollte er das unwahrscheinliche Bild noch auf sich wirken lassen. Endlich erhob er sich und kam, die Arme zur herzlichen Begrüßung ausgebreitet, hinter seinem Schreibtisch hervor. Im letzten Moment ließ er die Arme wieder sinken, knuffte Harry freundschaftlich und sagte: »Menschenskind Harry, dich hat man ja eine Ewigkeit nicht mehr gesehen. Es hieß, du seist nach Berlin abgewandert wie so viele damals. Aber da sieht man's wieder: Irgendwann zieht es den Täter an den Ort des Verbrechens zurück. Bist wohl auf dem Biografie-Trip, was?«

Nein, erwiderte Harry, indem er sich auf den Stuhl setzte, den Vogel ihm angewiesen hatte, nein, er sei weder auf dem Biografie-Trip, noch habe er jemals in Berlin gelebt. Vielmehr habe er die ganze Zeit über hier in der Stadt gewohnt, wenngleich etwas zurückgezogen, wie er wohl zugeben müsse. Das habe sich damals einfach so ergeben, als alle Welt aus der Katinka weggezogen sei. Zuerst seien die Musiker gegangen. »Du weißt schon, die im Eckhaus.« Danach habe sich eine Wohngemeinschaft nach der anderen aufgelöst und es seien keine neuen mehr entstanden. Auch vor der Nummer 34 habe die Abwanderungswelle nicht haltgemacht. Erst Klaus und Barbara, dann Hannes, Werner und Irene. Kurz vor Max' Einzug seien schließlich auch noch Kalle, Hilde und Claudia ausgezogen.

»Was?« Vogel sprang auf. »Willst du damit sagen, du wohnst dort immer noch?«

Obwohl sie gespielt wirkte, war Vogels Bestürzung echt. Die Katinka war für ihn Geschichte: Anekdoten, die man sich bei einem Gläschen Wein erzählte, Ereignisse, an die man sich manchmal im schönen Gegenlicht der Nostalgie erinnerte, doch nun kehrte in Gestalt von Harry die ungeschönte Katinka-Realität in die Gegenwart zurück.

Im Grunde fühle er sich dort nach wie vor recht wohl, erklärte Harry, nachdem Vogel sich wieder hingesetzt hatte. Aber er wisse natürlich, dass die Katinka heute nicht mehr so der Renner sei.

»Nicht mehr so der Renner!«, wiederholte Vogel kopfschüttelnd. Er starrte Harry an und was er sah, ließ ihn an die weißlichen Organismen denken, die zum Vorschein kommen, wenn man einen großen Stein nach langer Zeit aus seinem Bett im Erdreich hebt.

»Und du lebst da noch genauso ... genauso ... asketisch wie früher?«

In der Tat habe Harry seinen Lebensstil in all den Jahren nicht grundlegend verändert. Eigentlich tue er den ganzen Tag nur das, wozu er gerade Lust habe, aber dafür sei asketisch vielleicht nicht ganz der richtige Ausdruck.

»Nenne es, wie du willst«, sagte Vogel. Sein Tonfall verriet eine leichte Verärgerung. »Ich meine mit asketisch: leere Portemonnaies, leere Kühlschränke und vollgeschissene Katzenklos.«

Harry lenkte ein. Der Geldmangel, in dem Punkt müsse er ihm recht geben, sei wirklich ein gravierendes Problem, ein Problem, das ihm und Max gerade in letzter Zeit sehr unter den Nägeln gebrannt habe, und hier liege denn auch der Hauptgrund für seinen Besuch.

»So?«, fragte Vogel. Seine Stimme klang alarmiert.

Harry kam zur Sache. Angesichts des finanziellen Engpasses, in dem sie sich zurzeit befänden, hätten er und Max beschlossen, das Problem jetzt offensiv anzugehen und ein für alle Mal aus der Welt zu schaffen. Sie hätten gründlich über ihr Leben nachgedacht und seien dabei zu dem bemerkenswerten Ergebnis gelangt, dass sie eigentlich von morgens bis abends nichts anderes täten als Ideen auszubrüten, die, realisierte man sie, ein ordentliches Sümmchen Geld einbrächten. Leider sei das Realisieren ihre Sache nicht, und so sei bisher keine einzige ihrer Ideen zur Durchführung gelangt. Auf die Durchführung komme es aber letztendlich an.

»Allerdings!«, warf Vogel an dieser Stelle ein.

Genauso wie es ihnen an Tatkraft fehle, fuhr Harry fort, dürfte es aber wohl auch dem einen oder anderen Tatmenschen an Ideen fehlen. Also habe Max vorgeschlagen, solchen einfallslosen Tatmenschen das zum Kauf anzubieten, wovon sie, Max und Harry, im Übermaß hätten: Einfälle.

Nach diesen Erläuterungen überreichte Harry Vogel einen kurzen Anzeigentext und bat ihn, auch im redaktionellen Teil ihr Angebot wohlwollend zur Sprache zu bringen.

Vogel entfaltete das Papier, las den Text, las ihn ein zweites Mal, als traute er seinen Augen nicht. »Tja«, sagte er nachdenklich und dann minutenlang nichts mehr. Die gefalteten Hände im Nacken, legte er den Kopf zurück und stierte an die Decke. Solche Leute gab es also auch noch. Man sollte es nicht für möglich halten, aber die waren wirklich da, wirklich existent. Zwei von sechs Millionen. Welch ein Chaos! Sein Blick schrumpfte, kehrte sich nach innen, versank in Erinnerung. Schemenhaft erschien die Dachterrasse des Gasometers vor seinem inneren Auge, und jetzt sah er auch Tanja. Mit Tanja hatte er dort oben eng umschlungen im Wind gestanden, als ihm zum ersten Mal klar geworden war, in was für einer riesigen Millionenstadt er lebte, eine Metropole, die größte in Deutschland. Da war Tanjas lebhaftes, begeisterungsfähiges Gesicht, und da war die flüchtig visionäre Geste seiner Hand, und da war das monströse Panorama einer menschlichen Vulkanlandschaft. Da und da und da war die städtische Glut hervorgebrochen, hatte das Land unter sich begraben, war erstarrt zu Mietskasernen, Apartmenthäusern und Villen, zu Kaufhäusern, Fabrikhallen, Bordellen, zu Straßen, Plätzen und U-Bahn-Schächten. Eine bizarre Steinwüste, hier hoch aufgeworfen, dort abflachend und grün durchsetzt wie bemoost. Dazwischen die irrsinnigen Skulpturen der Industrie. Und wie in einem gigantischen Ameisenhaufen hausten in dieser Steinwüste, hurten und flennten, liebten, hassten, träumten und kämpften da sechs

Millionen Menschen, kämpften ums nackte Überleben, um Karriere, Reichtum, sogar um ihre Ehre kämpften da welche. Da war Anatolien, da war Chicago. Stunde um Stunde schrien da welche um Hilfe, brachen da Existenzen zusammen, hatte es wieder einer geschafft. Welch ein Chaos! Da wimmelte es von Verlierern, von Wahnsinnigen, Fanatikern, Traumtänzern und Blindgängern, von ewig Scheiternden, die nie damit aufhören würden, ihre Illusionen an der harten Realität in Stücke zu schlagen.

Vogel atmete schwer, draußen krachte ein Donner, und in Stücke fiel jetzt auch die grandiose Szenerie in seinem Kopf und gab den Blick wieder frei auf eine ganz andere Szenerie, in deren Mitte Harry sehr blass hinter seiner dicken Brille saß und sich den Handrücken kratzte. Vogel erhob sich und schloss das Fenster.

»Sag mal…« Vogels Stimme klang skeptisch. »Wer ist eigentlich dieser Max?«

»Der wohnt bei mir«, antwortete Harry und wusste, damit war längst noch nicht alles gesagt. Aber wie nannte man das andere? Er hatte ihn zufällig kennengelernt, und dann war Max immer wichtiger und schließlich zu einem festen Bestandteil seines Lebens geworden. Vergeblich suchte Harry nach dem richtigen Wort.

Vogel räusperte sich und sagte dann, eine Peinlichkeit überspielend, von der er genau zu wissen schien, worin sie bestand: »Verstehe schon.« Dann begann er, Harry etwas zu erklären, das bei diesem, den immer noch die Suche nach dem richtigen Wort beschäftigte, nur recht lückenhaft ankam.

Partner? Das klang wie unter Geschäftsfreunden. Kumpel? Na ja. Vielleicht war Lebensgefährte das richtige Wort?

*

Harry fand das passende Wort nicht, und er hatte es auch dann noch nicht gefunden, als er wenig später das Ergebnis seiner Bemühungen vor Max zu rechtfertigen versuchte.

»Sie bringen die Anzeige also nicht!«, fasste Max, der am Türrahmen lehnte und ungeduldig gegen das Holz trommelte, den verschwommenen Bericht zusammen.

Die Beine übereinandergeschlagen, den linken Arm unter den Kopf geschoben, lag Harry auf seinem Bett. Die rechte Hand ruhte auf seiner Brust. Zwischen den Fingern qualmte eine Zigarette.

»Natürlich hätten sie die Anzeige gebracht, wenn ich drauf bestanden hätte.«

Vorsichtig die Asche balancierend führte er die Zigarette zum Mund und nahm einen tiefen Zug. Dann blies er den Qualm in Richtung der Spinnweben, die unter der Decke hingen und durch den Luftstoß sanft in Schwingung versetzt wurden.

»Vogel hat mir aber abgeraten und ich muss sagen, irgendwie haben mich seine Argumente überzeugt. Der Junge versteht was davon.«

»Wovon?«

»Vom Geschäft, vom Business. Er ist ein Erfolgsmensch, das merkt man sofort. Und er hat ja auch recht. Man kann doch nicht einfach hingehen und inserieren: Verkaufe gute Ideen. Das ist lächerlich.«

»Und was schlägt er vor, dein Erfolgsmensch?«

Harry dachte einen Augenblick nach und sagte dann wie auswendig gelernt: »Zielgruppenorientiertes Marketing. Mit einer ganz bestimmten Idee ganz bestimmte Interessenten ansprechen – nein, er sagte: ‚begeistern‘ – so richtig mit Power.«

Max betrachtete Harry, der das Herabfallen der Zigarettenasche jetzt nicht mehr verhindern konnte. Er hatte seine Zweifel, was Harrys Power betraf. Trotzdem ging er auf den Vorschlag ein. Man könne es ja mal versuchen. Er dachte kurz nach, dann hatte er eine Idee.

»Wie wäre es mit der Kaiser-Brauerei? Da haben wir es nicht so weit.«

»Du meinst die Sache mit den Bierdeckeln?«, fragte Harry, sich schwerfällig aufrichtend und nach einem Aschenbecher Ausschau haltend.

*

Die Sache mit den Bierdeckeln war älteren Datums. Sie stammte aus der Zeit, als Max und Harry noch in Gaststätten verkehrten. Irgendwann war ihnen aufgefallen, dass Bierdeckel noch immer entweder rund oder viereckig waren und sich auch sonst in ihrem Design schon seit Jahrzehnten nicht mehr verändert hatten. Was bemerkenswert war, denn ansonsten hatte seit den Sechzigerjahren die Freiheit der Kolorierung und Oberflächenvariation vor nichts, nicht einmal vor den banalsten Alltagsgegenständen haltgemacht. Egal ob Armbanduhr, Brille, Telefon, Feuerzeug oder Klodeckel – alles war inzwischen auch in einer schrillen, ästhetisierenden oder ulkigen, jedenfalls neuen Version erhältlich. Nur eben Bierdeckel nicht. Die sahen immer noch so aus wie zu Großvaters Zeiten. Aber das ließe sich ändern. Warum nicht mal durchsichtige Bierdeckel oder solche, die ihre Farbe verändern, sobald sie feucht werden? Oder Bierdeckel mit den Porträts berühmter Trinker, vielleicht als Schattenriss. Ja, warum denn nicht?

Mit solchen Erwägungen hatten sie es damals gut sein lassen. Jetzt aber brachten sie rasch ein paar in Form und Farbe höchst ausgefallene Bierdeckeldesigns zu Papier und standen wenig später vor dem Pförtner der Kaiser-Brauerei, der ihnen aufmerksam zuhörte und dann die Stirn gedankenvoll in Falten legte. Der Pförtner dachte noch eine Weile nach und griff auf einmal entschlossen zum Telefonhörer. Während er auf den

Anschluss wartete, warf er Max und Harry einen bekümmerten Blick zu und schob die Glasscheibe der Pförtnerloge vor. Von draußen hörte man zwar noch den Klang seiner Stimme, aber man verstand nicht, was er sagte, sondern sah nur, wie er hilflos mit den Schultern zuckte und sich den Nacken kratzte. Dann legte er den Hörer auf und wählte eine andere Nummer. Erneutes Schulterzucken und Nackenkratzen. Die Prozedur wiederholte sich noch ein paarmal, dann wurde die Trennscheibe bedächtig zurückgeschoben und der Pförtner sagte, als handelte es sich bloß um eine Routineangelegenheit: »Dritte Etage, Zimmer 317.«

In Zimmer 317 wartete schon Diplom-Kaufmann Pfeifer mit Zusatzausbildung in Marketing, um ihnen freundlich kollegial zu erklären, sie sollten mal nur nicht glauben, dergleichen sei in der Firma nicht längst erwogen worden. Man sei aber zu der Einsicht gelangt, dass Bier ein ausgesprochenes Traditionsgetränk sei. Ob einem das gefalle oder nicht, so sei nun einmal das Image, und dieses Image habe sich durchaus bewährt.

»Sehen sie, das ist wie beim Fußball. Eine siegreiche Mannschaft soll man nicht umbesetzen.«

Ihre Einfälle seien aber trotzdem ganz erstaunlich und kreativ. Das müsse man schon anerkennen. Auch gefalle ihm die unkonventionelle Art, wie sie an die Sache herangegangen seien. Man müsse den Stier bei den Hörnern packen, da hätten sie völlig recht. Nur in diesem speziellen Fall sei leider, leider nichts zu machen. Davon sollten sie sich aber um Gottes Willen nicht entmutigen lassen. Bestimmt werde man noch Großes von ihnen hören in der Werbebranche.

Mit stolzgeschwellter Brust, wenngleich so bargeldlos wie eh und je, passierten Max und Harry bald darauf erneut die Pförtnerloge. Der Blick des Pförtners folgte ihnen unauffällig. Leute gab es!

4
Dampf ist die Lösung

Der Mann hinter dem Verkaufstresen stützte sich mit der einen Hand auf die Tiefkühltruhe und langte mit der anderen nach der Weißweinflasche, die in dem mit Konserven überladenen Regal ganz oben stand. Er musste sich ordentlich recken, um an die Flasche heranzukommen. Endlich hatte er es geschafft. Mit der freien Hand wischte er den Staub von der Flasche. Dann nahm er seine Brille ab und hantierte damit wie mit einer Lupe. Er entzifferte das Etikett: »Spätlese. Kostet –.« Er drehte die Flasche. »Kostet vierfünfundneunzig.«

Erwin Stragierowitz führte den Kiosk in der Katinka seit drei Jahren mit mäßigem finanziellem Erfolg. Zwar fehlte es ihm nicht an Kundschaft, dieser jedoch an Kaufkraft und ihm selbst an der Einsicht, dass mit einem notorisch zahlungsunfähigen Publikum kein Geschäft zu machen war. Ein Geschäft wäre es vielleicht gewesen, hätte er die bankenüblichen Zinsen verlangt von denen, die bei ihm anschreiben ließen. Aber so war Erwin Stragierowitz nicht. Der war schon zufrieden, wenn die Verluste, verursacht durch die plötzlichen Umzüge zahlungssäumiger Kunden, sich halbwegs in Grenzen hielten, und das taten sie. Die meisten Portemonnaie-Vergesser – »ach, wo hab ich nur meinen Kopf« – beglichen ihre Schuld irgendwann.

Natürlich gab es unter den Kunden auch solche, die ihre Einkäufe immer prompt bezahlten. Zu denen gehörte Juliane Alsbeck, die jetzt unentschlossen die beiden Flaschen auf dem Tresen betrachtete.

»Ich glaub, ich nehme dann doch lieber den Amselfelder«, entschied sie endlich. »Könnten Sie mir die Flasche vielleicht ein bisschen einpacken? Wissen sie, es ist ein Geschenk.«

»Machen wir alles«, sagte Erwin Stragierowitz gutmütig und kramte nach etwas Geeignetem in dem Regal, das er seine Schreibwarenabteilung nannte.

»Ja, ja, Schenken macht Freude«, krähte da plötzlich ein pubertierender Bengel. »Einschenken, einschenken«, ergänzte ein anderer. Die Stimmen kamen aus einem Rudel wassereislutschender Kinder, die vor dem Kiosk herumlungerten und das Geschehen am Tresen feixend und kichernd beobachtet hatten. »He, Stratzewitz, hast du kein Schleifchen für das Geschenk?«

Juliane Alsbeck streifte die Kinder mit einem verächtlichen Blick.

»Ihr macht hier jetzt mal langsam den Abgang«, maulte Erwin Stragierowitz.

»Jouh«, kam es trotzig zurück, aber dann trollte die Bande sich doch.

»Das war die Brut von der Schlampe, die in der 34 unterm Dach wohnt«, stellte Juliane Alsbeck fest, als sie mit Erwin Stragierowitz wieder alleine war. »Total verwildert, die Blagen.« Und warum? Juliane Albeck wusste genau, warum. So sei das eben, wenn unverheiratete junge Frauen laufend Kinder in die Welt setzten wie die Karnickel. Erziehung? Fehlanzeige. Nach dem Einzug der Bagage seien keine zwei Monate vergangen, bis das Treppenhaus in Flammen gestanden habe.

Erwin Stragierowitz war ein geduldiger Mensch, aber das ging ihm dann doch zu weit. Man könne die Geschichte mit dem Treppenhausbrand doch nicht einfach den Kindern von

Marlies anhängen. Es seien ja in Wahrheit auch nur drei: ein Säugling, der es ja wohl schlecht gewesen sein könne, Sabrina, die ein ganz liebes Mädchen sei, und der Junge. Dem Jungen wäre es vielleicht zuzutrauen. Aber das beweise doch nichts.

»Wer soll es denn sonst gewesen sein?«

»Oho, da fallen mir hier in der Gegend aber eine ganze Menge Leute ein, die dazu imstande wären.«

Volltreffer! In diesem Punkt war Juliane Alsbeck wieder ganz bei Erwin Stragierowitz. Windige Typen, denen alles zuzutrauen war, gab es in der Katinka wahrlich mehr als genug. Darum sagte sie jetzt: »Ich verstehe überhaupt nicht, wie Sie das hier immer noch aushalten, tagein, tagaus mit all dem Gesocks.«

»Och«, erwiderte der Mann hinter dem Tresen vieldeutig. Er wollte darüber nicht weiter diskutieren – aber das untätige Leben eines Rentenempfängers fristen? Für ihn wäre das nichts. Wenn er auch wegen eines Rückenleidens, das ihn vorzeitig zum Rentner gemacht hatte, immer etwas gebeugt ging, so war er doch ein Mann voller Unternehmungsgeist. Seine Frau konnte ein Lied davon singen. Zentnerweise lagerte noch das Altpapier im Keller, aus dem er ein preisgünstiges Heizmaterial, eine echte Alternative zu Kohle und Briketts, hatte pressen wollen mithilfe einer sperrigen Maschinerie, die jetzt gleichfalls im Keller verstaubte. Und das war bei Weitem nicht die einzige Materialisierung fehlgeleiteter Energien, die Hannelore Stragierowitz zu verschmerzen hatte. Da sie also den Tatendrang ihres Gatten kannte und in halbwegs vernünftige Bahnen gelenkt sehen wollte, hatte sie seinerzeit der Anmietung des Kiosks zugestimmt. Mit ihrer Billigung hatte er sich sofort ans Werk gemacht und aus dem Wellblech, das er von einer früheren Geschäftsgründung noch im Hof liegen hatte, ein freitragendes Regendach konstruiert. Dessen Aufhängung hatte sich indes schon bald als viel zu labil erwiesen und war durch zwei im Bürgersteig fest verankerte Stahlträger entlastet worden. Der Kiosk hatte dadurch optisch mehr den Charakter einer Stehkneipe angenommen und wurde von einigen Anwohnern auch entschieden in diesem Sinne genutzt. Freilich war dafür weder das Regendach ausschlaggebend, wie Erwin Stragierowitz glaubte, noch die Würstchen-Braterei, die er seinem Etablissement angegliedert hatte. Stratzewitz war ganz einfach beliebt bei den Leuten, denn er besaß alle Eigenschaften, die einen Kioskinhaber populär, wenn auch nicht unbedingt reich machen. Er nahm die Leute so, wie sie waren, traf fast immer den richtigen Ton, war auch ziemlich oft zu Scherzen aufgelegt (wobei er vor Wiederholungen nicht zurückschreckte), hielt den Kiosk manchmal bis weit über Mitternacht geöffnet und, was besonders schwer wog, er gewährte großzügig Kredit – wenn es sein musste, auch hinter dem Rücken seiner Frau, die zwar ebenfalls beliebt war, aber anders.

Ihre Beliebtheit war die einer wohlwollenden Autoritätsperson. Wenn Hannelore Stragierowitz »Schluss für heute!« sagte, dann war Schluss. Ziemlich oft sagte sie aber auch: »Das biegen wir wieder hin!«, und dann wurde das krumme Ding wieder geradegebogen. Nur für Türken hatte sie nichts übrig, ansonsten aber gab es kaum einen unter den Kunden, der nicht schon einmal in den Genuss ihrer zupackenden Hilfsbereitschaft gekommen wäre. Die halbe Katinka wurde von ihr bemuttert. Erwin Stragierowitz sah das nicht ohne Gattenstolz, zugleich wurmte es ihn aber auch ein bisschen, wenn er sah, wie viel Einfühlungsvermögen, Geduld und Fürsorglichkeit sie Hinz und Kunz entgegenbrachte, während sie ihn – immerhin ihren Ehemann –, was menschliche Wärme betraf, ziemlich kurzhielt. So stimmte er zwar nicht direkt zu, mochte aber auch nicht widersprechen, wenn er Juliane Alsbeck sagen hörte, Hannelores soziales Engagement sei Perlen vor die Säue geworfen. Tatsache war: Erwin Stragierowitz wäre auch gerne bemuttert worden, wurde es aber nicht, und weil seine Frau ihn behandelte wie sonst nur die Türken, hatten bei ihm auch die Türken Kredit und wurden mit »Na Meister?« begrüßt.

Das wiederum war ein Verhalten, wofür Hannelore Stragierowitz nicht die Spur von Verständnis aufbrachte. Die Arme über der mächtigen Brust gekreuzt, das fleischige Kinn herabgesenkt, sodass kein Hals mehr zu sehen war, die Augenlider misstrauisch verengt, beobachtete sie ihren Mann, wenn der mal wieder herumscherzte mit so einem »verdammten Jussuf« wie mit einem alten Bekannten. Wehe, sie erwischte ihn dann beim Anschreiben.

»Da hat sie auch recht.« In der Türkenfrage stand Juliane Alsbeck eindeutig auf Hannelores Seite. »Man darf denen nicht trauen, nicht von hier bis da«, erklärte sie den beiden oft und gerne auch ungefragt, ohne zu ahnen, dass Erwin und Hannelore wenigstens in einem Punkt einer Meinung waren, indem sie Juliane Alsbeck einhellig für eine durch und durch missgünstige, verbitterte und abstoßende Person hielten. Wie hätte sie das auch ahnen sollen? Aus ihrer Sicht war es für die Eheleute Stragierowitz eine besondere Auszeichnung, dass sie sich überhaupt mit ihnen abgab. Und sie pflegte diesen Umgang auch keineswegs ohne Bedenken. Vom Feinsten waren die beiden nämlich auch nicht gerade. Zu ihren Gunsten sprach allerdings, dass sie die einzigen Geschäftsleute in der Katinka waren. Jedenfalls waren sie die einzigen richtigen, das heißt anständigen Geschäftsleute. Natürlich gab es auch noch andere. Überall wurde ja gemunkelt, gewuselt und gemanagt. Aber was da so lief, waren für Juliane Alsbeck keine Geschäfte, sondern dunkle Machenschaften. »Das ist hier eine einzige Räuberhöhle«, sagte sie oft und mit wachsender Überzeugung.

*

Auch hinter der Umtriebigkeit, die Harry und Max neuerdings an den Tag legten, konnten Juliane Alsbeck zufolge nur dunkle Machenschaften stecken. Als sie diese These bei einem ihrer Kioskbesuche zum Besten gab, war die Stragierowitz mal wieder entschieden anderer Meinung.

»Muss man denn immer gleich das Schlimmste annehmen?«

Sicher, irgendetwas war da im Gange. Letztens hatte man die beiden schon um neun Uhr morgens zur Straßenbahnhaltestelle gehen und erst gegen Abend heimkehren sehen. Dann wieder waren sie an einem einzigen Tag gleich mehrmals am Kiosk vorbeigekommen. So was blieb in der Katinka nicht lange unbemerkt. Zweifellos war da was, aber was? Hannelore Stragierowitz hätte am liebsten eine Frau hinter alledem vermutet, aber das konnte ja schlecht sein. Die Hektik hatte beide gleichzeitig erfasst und die Harmonie zwischen ihnen war, soweit man sehen konnte, nicht gestört. »Na ja, vielleicht suchen sie Arbeit«, überlegte sie, denn sie hatte eine Vorliebe für harmlose Erklärungen.

»Arbeit! Dass ich nicht lache«, geiferte Juliane Alsbeck. »In dem Aufzug? Ich will ja nichts gesagt haben, aber ich sage Ihnen, da geht was nicht mit rechten Dingen zu. Glauben Sie es mir.«

Am nächsten kam Erwin Stragierowitz der Wahrheit. »Vielleicht ist es dies«, sagte er, »vielleicht ist es das, vielleicht ist es noch was ganz anderes.«

Was immer es sein mochte, die drei würden Max und Harry weiter im Auge behalten. So viel stand fest.

*

Hassan Rahmani, genannt der Türke, würde ihnen dabei um nichts nachstehen. Auch ihm gaben Max und Harry neuerdings Rätsel auf. Heute hatten sie ihr Baustellengespräch vorzeitig abgebrochen, und nun sann Hassan darüber nach, was die beiden Spaziergänger, die der Vorarbeiter am liebsten enthäuten, vierteilen und mit einbetonieren würde, wohl hatten sagen wollen. Gedankenverloren machte er den Rüttler sauber. Mit den Worten »Ich hab's« hatte Harry sich eine Zigarette angesteckt und dann einen Hustenanfall bekommen, der gar nicht mehr hatte enden wollen und ihn hatte nach Luft schnappen lassen wie einen Ertrinkenden. Als er endlich wieder zur Ruhe gekommen war, hatte Max ihn eilig mit sich fortgezerrt, worüber Hassan sich wunderte, denn sonst schienen die beiden immer recht viel Zeit zu haben.

»Froschgesicht macht es nicht mehr lange.«

Die Stimme des Vorarbeiters riss Hassan aus seinen Gedanken.

»Wahrscheinlich hat er Aids, die schwule Sau.«

Die Stimme kam näher.

»Hier wird bald eine Wohnung frei, Hassan. Wäre das nichts für dich?«

Hassan Rahmani putzte den Rüttler und schwieg. Er wusste, der Vorarbeiter wartete nur auf eine Gelegenheit, ihm die Schlappe von gestern heimzuzahlen. Hassan hätte auf die Kollegen hören sollen. Die anderen hatten ihn gewarnt, als er partout den Trick mit dem Riemen ausprobieren wollte, den Max und Harry kürzlich in aller Öffentlichkeit ausgetüftelt hatten. Hassan hatte die Warnungen in den Wind geschlagen und den Riemen angebracht, einfach weil er wissen wollte, ob es funktionieren würde oder nicht. Es hatte funktioniert. Und dann war ausgerechnet in dem Moment der Chef auf der Baustelle erschienen, und noch bevor der Vorarbeiter einschreiten konnte, hatte der Chef den Riemen gesehen und ihm, Hassan, auf die Schulter geklopft und gesagt, das sei eine tolle Idee.

»Du würdest doch gut hier in die Gegend passen oder findest du nicht, Hassan?«

Die Stimme war jetzt ganz nah.

»Hier hast du es dann wie zu Hause in Anatolien.«

Hassan wusste nicht, wie es in Anatolien ist. Er kannte Algier, Marseille und Paris. Anatolien kannte er nicht. Aber jetzt sah er den in der Mittagshitze flirrenden Staub, die Papierfetzten und Plastiktüten, den demolierten Einkaufswagen auf dem Bürgersteig, die zerschlissenen Sessel, die schon seit zwei Wochen dort herumlagen, und all den anderen Müll. Er sah die rußgeschwärzten und mit Obszönitäten verschmierten Hausfassaden, die notdürftig mit Pappe und Klebeband reparierten Fensterscheiben. Er sah die verwahrlosten Kinder, die ständig die Baustelle umlauerten in der Hoffnung, eine leere Bierflasche oder sonst was Brauchbares zu ergattern. Hassan sah das und wusste das. Er ließ den Putzlappen sinken, richtete sich auf.

Er sah den Vorarbeiter an. Etwas in Hassans Blick, nicht Wut, eher Staunen, brachte das hämische Grinsen im Gesicht des anderen zu Fall. Als traute er seinen Augen nicht, so streckte Hassan den Kopf vor und betrachtete den Deutschen mit unverhohlener Neugier. Mit dem stimmte doch irgendwas nicht. Es kam ihm auf einmal so vor, als vollzöge sich an dem Vorarbeiter eine seltsame Veränderung. Der Mann schien sich zu entfärben. Als löse sich das schwitzige Rosa von der Haut, als verflöge es mit dem Braun der Haare und den Farben der Kleidung, als bliebe von der Gestalt nur geronnene Luft hinter einem flimmernden Farbennebel. Hassan begaffte die Erscheinung und dann den Putzlappen in seiner Hand und verspürte plötzlich den Wunsch, damit zu wedeln und den farbigen Nebel zu zerstäuben.

Der Vorarbeiter hätte sich gewiss nicht schlecht gewundert, wenn ihm Hassan mit dem ölverschmierten Lappen im Gesicht herumgefuchtelt hätte. Doch bevor es dazu kam, ertönten zwei Stimmen, die den Bauleuten inzwischen recht vertraut klangen.

Unbemerkt, da alle Blicke auf Hassan und den Vorarbeiter gerichtet waren, hatten Max und Harry sich wieder an der Baustelle eingefunden. Sie waren länger fortgeblieben als sonst.

Anstatt ihre bautechnische Fachsimpelei wieder aufzunehmen, sprachen sie über einen Chomsky, der anscheinend ein sehr freundlicher Mensch war, aber trotzdem irgendetwas Kompliziertes in den falschen Hals bekommen hatte.

»Wir haben ihm ja auch gar nicht erklärt, wer wir eigentlich sind«, sagte Harry. »Ich meine unser … unsere … äh –.«

»Ach Quatsch«, widersprach Max und bilanzierte den Ertrag ihrer bisherigen Verkaufsverhandlungen so knapp wie nur möglich: »Scheiße!«

Dieser Chomsky war ja kein Einzelfall. Überall, wo sie mit ihren revolutionären Ideen vorstellig wurden, gab es Pförtnerlogen, und überall gab es kaufmännische Angestellte mit Zusatzausbildung in Marketing. Die Pförtner waren nicht das Problem. Bei ihrem zweiten Anlauf waren sie an einen zusatzgebildeten Kaufmann namens Böckelmann geraten, der ihnen sowohl anerkennend auf die Schulter geklopft als auch weißzumachen versucht hatte, ihr Vorschlag – eine elastische Schraube, die in die unterschiedlichsten Windungen passt – sei mangels eines geeigneten Werkstoffs völlig unrealistisch. Ein anderer – es muss bei ihrem vierten oder fünften Anlauf gewesen sein – hatte sich sogar zu der Behauptung verstiegen, die von Max und Harry kreierte Spinnennetzästhetik habe auf dem Textilmarkt keinerlei Chance, weil sie psychologisch ungünstig sei, nämlich tiefsitzende Kindheitsängste wachriefe. Noch schlimmer als die Ablehnungen selbst waren deren fadenscheinige Begründungen. So war ihr genialer Zahnpastatubenständer mit der selten dämlichen Bemerkung abgebügelt worden: »Stell dir vor, du kommst morgens ins Badezimmer und die Zahnpasta steht auf dem Kopf.«

»Scheiße!«, wiederholte Max und äußerte dann ein ungutes Gefühl, das vage zusammenhing mit den flinken Augen ihrer kaufmännischen Gesprächspartner, mit den Händen, die sie sich unentwegt rieben, einem gewissen Zucken der Backenmuskulatur und in den Mundwinkeln.

»Tja«, seufzte Harry, ohne recht zu wissen, wovon Max eigentlich sprach. Er drehte sich eine Zigarette, steckte sie an, zog einmal kräftig an ihr und hielt sie dann vor sich hin, als wollte er über die Glut einen bestimmten Punkt irgendwo auf der Baustelle anvisieren. So blieb er einen Augenblick und sagte dann: »Verrückt!«

»Wie –? Was?«

»Ich meine das Rauchen.«

Max verstand nicht. Also erklärte ihm Harry, dass es beim Rauchen nicht allein auf die Nikotinsucht ankomme. Nicht einmal in erster Linie komme es darauf an.

»Hm«, knurrte Max unwillig, denn er war mit seinen Gedanken noch bei dem Mienenspiel der kaufmännischen Angestellten mit Zusatzausbildung in Marketing. Aller Freundlichkeit zum Trotz war da etwas – etwas Beunruhigendes, besonders in den Augen dieser Leute.

Seines Erachtens, setzte Harry seine Erläuterungen unbeirrt fort, lasse sich die Nikotinsucht sogar ziemlich leicht überwinden. Viel wichtiger als das Nikotin sei für den Kettenraucher etwas anderes: das tiefe Inhalieren. Den Qualm ansaugen, ihn einen Augenblick lang in der Mundhöhle halten, ihn schmecken und dann mit einem kräftigen Luftzug hinunterspülen, tief atmen. Richtig tief atme der Kettenraucher nämlich nur, wenn er rauche. Harry warf die Zigarette auf den Boden, drehte sich sofort eine neue, zündete die neue Zigarette aber nicht an. »Natürlich kann man auch an einer kalten Zigarette ziehen wie an einer brennenden und die angesaugte Luft inhalieren, als wäre es Qualm.« Er demonstrierte, was er meinte. Dann griff er in die Hosentasche, brachte ein Feuerzeug hervor und zündete die Zigarette nun doch an. »Es klappt, aber es klappt nur, wenn man sich total darauf konzentriert.« Harry machte eine bedeutungsvolle Pause und erklärte dann, das Schöne beim Rauchen sei aber gerade, dass man sich nicht darauf zu konzentrieren brauche. Man könne gleichzeitig reden oder lesen oder sonst was tun. Das Rauchen gehe wie von selbst. Weil der Qualm den Rachen reize, weil man ihn sehen, riechen und schmecken könne, könne man ihn einsaugen und schlucken und durch die Lippen pusten, ohne überhaupt daran zu denken. Dabei gehe es zwar nicht um den Qualm, sondern um tiefes Inhalieren, aber der Qualm sei doch notwendig als eine Art Medium. Außerdem sei das Abbrennen der Zigarette ja auch ein schönes Zeitmaß.

»Du rauchst sowieso zu viel«, bemerkte Max nach wie vor ziemlich ungehalten.

»Aber nicht wegen des Nikotins«, erwiderte Harry, »sondern weil ich die Lungenzüge brauche, um mal so richtig tief und kräftig durchzuatmen.«

»Vielleicht«, sagte Max, jetzt schon etwas aufgeräumter, »könnte man eine schadstofffreie Zigarette erfinden. Es gibt ja auch alkoholfreies Bier.«

Max' plötzlich Wendungen ins Praktische überraschten Harry stets aufs Neue. Er dachte nach. »Das Problem ist der Qualm«, sagte er dann. Einen schadstofffreien Qualm zu erzeugen sei prinzipiell unmöglich. Qualm entstehe durch Verbrennung und sei deshalb immer schädlich.

»Dann müssen wir den Qualm durch irgendetwas Unschädliches ersetzen«, schlug Max vor.

Harry nickte. »Schwierig«, sagte er, »ganz, ganz schwierig. Im Grunde sehe ich nur eine einzige Möglichkeit.«

»Und die wäre –.«

»Dampf.«

Dampf? Max schlug sich vor die Stirn. Natürlich, Dampf war die Lösung. »Das müsste machbar sein«, sagte er und war jetzt wieder ganz in seinem Element. Dampf war die Lösung und alles, was noch fehlte, waren nur ein paar technische Details, reine Ingenieursarbeit. Ein zigarettenähnliches Gerät zu konstruieren, in das man zum Beispiel eine Ampulle einführen könnte, deren Inhalt dank eines in dem Gerät installierten Mechanismus ungefähr für die Dauer einer Zigarettenlänge verdampfe, dürfte doch wahrhaftig kein unlösbares Problem sein. Den Dampf müsste man aus dem Gerät heraussaugen können gegen einen Widerstand, der dem bei einer Zigarette zu entsprechen hätte. Auch machbar. Den Dampf könnte man nach Belieben aromatisieren – und siehe da: Harry und alle anderen Kettenraucher hätten eine ebenso schmackhafte wie gesunde Alternative für ihre geliebten Lungenzüge.

Max wandte sich zum Gehen. »Wir sollten das mal aufzeichnen«, beschloss er das Gespräch, unter dessen Einfluss auf der Baustelle ein starkes Verlangen zu rauchen um sich gegriffen hatte. Hassan steckte sich eine an und auch der Vorarbeiter, dem es die Sprache verschlagen zu haben schien. Er verzichtete auf die üblichen höhnischen Bemerkungen, zog hektisch an seiner Zigarette und stierte den beiden Männern nach, die in Richtung Haus Nummer 34 davonstürmten.

*

»Renn doch nicht so«, keuchte Harry, der Mühe hatte, mit Max Schritt zu halten.

»Mensch, das ist der Bringer!«, antwortete Max, ohne langsamer zu werden.

»Warte doch mal«, rief Harry. »Ich meine ja nur, wir sollten erst … Tag, Frau Stragierowitz. … Jetzt hör mir doch mal zu, verdammt.«

»Na die Herren, warum denn so eilig heute?«

»Wie?« Harry blieb verwirrt stehen. »Ehrlich gesagt, Frau Stragierowitz, das weiß ich auch nicht.« Er schlenkerte hilflos mit seinen überlangen Armen und nahm die Verfolgung wieder auf.

»Ich meine«, fing er an, als er in die Küche trat, wo Max schon mit dem Abräumen des Tisches beschäftigt war. »Ich meine, wir sollten mal in Ruhe überlegen …«

Max schaute sich suchend um. »Sag mal, wo ist eigentlich die Tapetenrolle abgeblieben?«

Harry kratzte sich beidhändig.

»Ach, ich weiß schon«, rief Max, »unterm Schrank.« Er ging in die Knie, tastete, brachte die Rolle hervor. Er klopfte den Staub ab und legte sie auf den Tisch. Nachdem er das freie Ende mit einer Tasse beschwert hatte, entrollte er ein Stück und falzte dann die andere Seite. »Halt mal fest!« Mit dem Brotmesser ratschte er durch den Falz. Er suchte und fand einen Filzstift, malte damit ein lang gezogenes Rechteck auf die Tapete, fasste den Stift zwischen die Zähne. »Nein, so geht es nicht. Man muss mit den Innereien anfangen. Die Form ist erst mal nicht so wichtig.« Er warf die Zeichnung zu Boden, trennte ein neues Stück von der Tapetenrolle ab und machte sich wieder ans Werk.

»Ich meine«, sagte Harry, »es wär ja vielleicht besser, wir würden so eine Art, na ja, Gesellschaft oder so gründen.«

»Eine was?«, fragte Max, ohne seine Arbeit zu unterbrechen.

»Na ja, eine Firma oder so. Dann könnten wir sagen, wir sind die Firma Soundso und die Leute wüssten wenigstens, mit wem sie es zu tun haben. Sonst fragt sich doch jeder sofort …«

»Ach was. Das ist jetzt nicht mehr nötig. Mit dem Ding hier schaffen wir den Durchbruch auch so.« Max tippte auf die Skizze.

»Wenn du meinst«, sagte Harry halbherzig und schaute ihm über die Schulter. »Das sieht ja aus wie ein Raketentriebwerk oder so was.«

»Ich sag doch, auf das Aussehen kommt es im Moment nicht an. Entscheidend ist das technische Prinzip.« Max hob die Stimme. Man habe es hier mit einem Zwei-Komponenten-System zu tun, dozierte er. Darum habe die Ampulle in der Mitte eine Trennwand. Und aus demselben Grund habe die Kammer, in der die chemische Reaktion zwischen den beiden Komponenten, das heißt, ihre Umwandlung in Dampf stattfinde, nach oben hin zwei Ventile, während unten, wo die Luft angesaugt werde, nur ein einziges Ventil erforderlich sei. Durch das Ansaugen entstehe in der Kammer ein Unterdruck, der bewirke, dass durch die oberen Ventile die beiden Flüssigkeiten in die Kammer gesaugt würden.

»Im Prinzip einfach und genial«, beteuerte Max, und die Form sei das geringste Problem.

*

Da mochte er wohl recht haben, im Prinzip. Trotzdem fühlte sich auch Diplom-Kaufmann Fletscher sofort an etwas ganz Bestimmtes erinnert, als er die Skizze sah. Sie erinnerte ihn an ein – Dings. Das sah aus wie ein – na? Er reinigte seine Pfeife, warf einen letzten fragenden Blick auf die seltsame Zeichnung, die Max ihm auf den Schreibtisch gelegt hatte. Vergebens, er kam nicht drauf. Na gut. Diplom-Kaufmann Fletscher legte die Pfeife beiseite, führte seine Handflächen zusammen wie zum Gebet, verzahnte die Finger ineinander, drehte die Hände nach außen und dehnte sie, bis ein knorpeliges Knacken Max und Harry zusammenfahren ließ. »Meine lieben jungen Freunde«, sagte er dann, obwohl er nach Jahren Harrys kleiner Bruder hätte sein können, »meine lieben jungen Freunde, von der verschwindend geringen Marktchance Ihrer Dampfzigarette einmal ganz abgesehen, frage ich Sie: Welches Interesse sollten wir als Zigarettenhersteller daran haben, den Leuten das Rauchen abzugewöhnen?« Er hob die Augenbrauen, und das erste Verkaufsgespräch in Sachen Dampfzigarette war damit so gut wie beendet.

*

»Was für eine Dumpfbacke!«, stöhnte Max, als sie wieder in der Straßenbahn saßen. »Ist mir wirklich lieber, ein anderer macht den Deal. Hast du seine Finger gehört?«

Wie immer hatte Harry Mühe, seine Beine in den engen Sitzreihen unterzubringen. Er rutschte mit dem Po etwas nach vorne, legte den Oberkörper zurück, zog die Knie an und stützte sich mit den Füßen gegen die Rückenlehne der vorderen Bank. Dann richtete er sich wieder auf und saß jetzt breitbeinig und kerzengerade. Er fummelte das Unterhemd aus der Hose und putzte die Brille. Als er damit fertig war, zog er die Füße wieder hoch, drehte sich etwas zur Seite und legte die Knie gegen die Fensterscheibe. So blieb er. An den Fingernägeln knabbernd sah er nach draußen und schwieg.

»Was ist los, Harry, du bist so still. Schon vorhin, als wir bei dem Fletscher drin waren, hast du kaum was gesagt.«

Harry hatte eine Franse seines Daumennagels mit den Schneidezähnen gepackt, riss sie entschlossen ab. »Du hast doch die ganze Zeit geredet«, sagte er dann.

»Du meinst: zu viel?«

»Zu viel? Nein.«

»Zu unklar? – Na ja, ich gebe zu, die Sache mit dem Zwei-Komponenten-System hätte man besser erklären können.«

»Nein, das war schon in Ordnung.«

»Aber?«

»Mit meiner Dampfzigarette!«, stieß Harry vor. »Du hast gesagt: Mit meiner Dampfzigarette können Sie locker den gesamten Leichtrauchermarkt abräumen.«

»Locker abräumen? Glaub ich nicht, dass ich das gesagt habe. Und selbst wenn, das Argument an sich ist doch stichhaltig. Was soll das denn heißen: als Zigarettenhersteller kein Interesse, den Leuten das Rauchen abzugewöhnen. Ist der Mann denn nur blöd? Wenn er Dampfzigaretten herstellt, ist er doch kein Zigarettenhersteller mehr. Dann ist er Dampfzigarettenhersteller.«

Zuletzt war Max' Stimme etwas angeschwollen. Die anderen Fahrgäste drehten sich zu ihm um und nickten einander dann bedeutungsvoll zu, einige kicherten.

Max störte das nicht. Ihn störte – nein, empörte die Ignoranz und Innovationsfeindlichkeit, die ihm und Harry in einer angeblich so freien und dynamischen Marktwirtschaft entgegenschlugen. Aber so waren sie eben, die kaufmännischen Angestellten mit Zusatzausbildung: freundlich, als hätte ihnen einer die Mundwinkel hochgebunden, und bemerkenswert dumm. Jawohl, dumm, ausgesprochen dumm waren sie und – war da nicht noch was anderes? Doch, doch, da war auch noch was anderes als Dummheit; da war eine Unruhe in den Augen, die sich auch im nervösen Fingerspiel dieser Leute zeigte und die für Interesse zu halten, Max wohl geneigt gewesen wäre, hätten ihn die fadenscheinigen Begründungen, mit denen ihre Projekte regelmäßig zurückgewiesen wurden, nicht längst eines anderen belehrt. Wenn es kein Interesse war, was war es dann?

Harry schwieg und starrte nach draußen. Sein Blick strich über Nachkriegsfassaden. Monotone Fensterserien tackerten vorüber – quadratische Löcher, lustlos aufgereiht wie gestanzt. Dann ein Durchblick in den Hof. Spielende Kinder, eine Frau, Teppichstangen. Und wieder Fassade bis zum nächsten Durchblick, jetzt auf ein Auto mit hochgeklappter Haube, daneben ein Mann, gestikulierend. Wem? Zu spät. Vorbei. Fassade. Die Fassade wurde langsamer, kam zum Stillstand. Geklapper an den Ein- und Ausstiegen, das fette Seufzen der Türhydraulik. Die Fassade setzte sich wieder in Bewegung – und verschwand. Es folgten: ein verwildertes Grundstück, eine Tankstelle, dann wieder Häuser, diesmal etwas abwechslungsreicher und mit Geschäften im Parterre. Hausfrauen mit Plastiktüten, ein kläffender Köter, an den Fahrradständer gebunden, und dann war da plötzlich ein Gesicht, Harrys Gesicht.

Skeptisch musterte sich Harry in dem von der Sonne verspiegelten Glas. Sah so ein Verkäufer aus? Nein, das war nicht das Gesicht eines Verkäufers. Das war das Gesicht eines Gelehrten, eines Forschers, eines Entdeckers. Das Gesicht verschwand im Schatten einer Bahnunterführung. Da war es wieder. Und dann, alles überblendend, die Sonne. Eine Baumreihe zerhackte ihr Licht. Flackerlicht. »Was für ein Film!«, dachte Harry. Abgerissene Episoden, unzusammenhängende Szenerien und dann dieses Flackern. Glich dieses Flackern nicht dem unruhigen Blauschimmer, den er, dessen Eltern nichts übrig hatten für Fernsehen, einst in den Fenstern der Nachbarn bestaunt hatte? Spät abends war er manchmal in den Garten geschlichen, fasziniert vom Rhythmus der Kameraschwenks und Filmschnitte, der sich ihm mitgeteilt hatte allein durch die Umsprünge im Licht. »Lichtsprünge«, dachte Harry jetzt und: »Damals erblickte ich das Licht der modernen Welt.« Ja, so würde er sich ausdrücken, hätten sich erst mal die Scheinwerfer und Kameras des ZDF-Kulturmagazins auf ihn gerichtet, weil sein Werk, das die vergessenen Kapitel zahlreicher Standardwerke enthielt, so viel Staub aufgewirbelt haben würde gleich nach Erscheinen. Der Moderator hätte ihn vorgestellt als den umstrittensten Autor des Jahres, einen Mann, den die einen verehrten wie einen Guru, während ihn die anderen als Scharlatan verdammten, einen Mann jedenfalls, der keinen kaltlasse. Aber, ha, der Moderator würde nicht zu seinen Verehrern zählen und ein süffisantes Lächeln aufsetzen und ihn fragen: »Demnach glauben Sie also ernsthaft, der Sinn des Fernsehens läge hauptsächlich in diesem, wie Sie sagen, Flackern?«

Kalt, trocken und unerschrocken würde Harry antworten: »Ja.«

»Also könnten die Zuschauer«, würde der Moderator halb

spöttisch, halb triumphierend nachhaken, »das Fernsehgerät ebenso gut ausschalten und stattdessen mit dem Lichtschalter spielen?«

»Nun«, würde Harry dann sagen und sich noch souveräner hinsetzen, als er sowieso schon säße, »mögen Sie dieses Beispiel auch in polemischer Absicht anführen, so ist es doch keineswegs so abwegig, wie Sie glauben.« – Nein, zweimal »so« ginge nicht. Er würde sagen: »Ihr Einfall, wenngleich in polemischer Absicht geäußert, ist keineswegs so abwegig, wie Sie glauben.« Und dann würde Harry den Moderator einfach links liegen lassen wie ein vorwitziges Kind und sich direkt ans Publikum wenden. Er würde die Leute an die archaische Faszinationskraft des Gewitters erinnern und von dort einen Bogen schlagen zu Feuerwerken, Lichtorgeln und Leuchtreklamen. Und dann, ja dann hätte er seinen großen Auftritt: Er würde den Blick fest auf die Kamera richten, sein Blick würde in die Kamera eindringen, in die Linse, und tausendfach Blitze schlagen in den Wohnstuben draußen im Lande. Es würde die Leute aus ihren Sofas reißen, aus ihren Sesseln und Betten, denn er würde sagen:

»He, aufwachen, wir sind da.« – Nein, das würde Harry natürlich nicht sagen, aber das sagte Max.

»Was? Wie? – Ach so.«

Harry, dem zu allem Übel auch noch ein Fuß eingeschlafen war, hatte Mühe, in die Realität zurückzufinden. Wie betäubt stolperte er zum Ausstieg. Auf dem Treppchen wäre er fast gestürzt, fing sich wieder, prallte gegen einen Mülleimer, entschuldigte sich bei dem Mülleimer.

»Himmel«, dachte Max, »der ist ja völlig von der Rolle.« Er rempelte Harry aufmunternd in die Seite. »Gott, ein Fehlschlag, davon lassen wir uns doch nicht unterkriegen.« Aus Max sprach der unverdrossene Profi. Man könne doch wirklich nicht erwarten, dass sich gleich beim ersten Mal der große Erfolg einstelle. Und man lerne ja auch jedes Mal etwas dazu. Jedenfalls müssten sie jetzt am Ball bleiben, dürften nicht schon wieder etwas anderes versuchen, die Dampfzigarette sei eindeutig der Bringer. Alles Neue stoße auf Widerstand, da müsse man durch, nachher werde die Freude umso größer sein.

»Vielleicht sollten wir mit dem ganzen Quatsch aufhören«, sagte Harry.

»Aufhören? Quatsch?« Max hörte wohl nicht richtig. »Jetzt erst recht!« war seine Devise. Er dachte nicht daran, sich von Harrys Defätismus anstecken zu lassen. Im Gegenteil, Max' Willensstärke wuchs mit Harrys Entmutigung, als hätten dessen Lebensgeister in ihm eine neue Bleibe gefunden. Er wollte kämpfen und würde, koste es, was es wolle, auch den erschlafften Freund mitreißen.

*

Letzteres gelang mehr schlecht als recht. Zwar gab Harry seine Weigerung, an weiteren Verkaufsverhandlungen teilzunehmen, bald auf, dies jedoch mehr, um Max' optimistischen Redefluss einzudämmen denn aus echter Überzeugung. Schicksalsergeben trottete er hinter Max her, nickte auch pflichtschuldig, wenn dieser auf seine etwas unbeholfene Art die Dampfzigarette gegen den zusatzgebildeten Unverstand ihrer Gesprächspartner verteidigte. Das alles geschah aber ohne innere Anteilnahme. Als ginge ihn die Sache im Grunde nichts an, so wohnte er den Gesprächen bei, und wenn sie dann gescheitert waren, empfand er tief in seinem Innersten, also dort, wo eigentlich Enttäuschung hätte Platz greifen müssen, sogar eine gewisse Genugtuung – ein Gefühl, das er sich vor sich selbst kaum einzugestehen traute und vor Max erst recht verbarg.

Dessen Optimismus ging ohnehin arg auf Stelzen.

Die Stelzen brachen, als Diplom-Kaufmann Hinrichs, der schon Max' einleitende Erläuterungen mit einem albernen Ki-

50

chern begleitet hatte, endgültig die Beherrschung verlor und bei dem Wort Dampfzigarette in brüllendes Gelächter ausbrach. Hinrichs schien sich gar nicht mehr beruhigen zu wollen. Er wieherte, gurgelte, grunzte vor Vergnügen, stöhnte und rang nach Luft. Mit jedem neuen Erklärungsversuch wurde sein Zustand bedenklicher. Sogar als Max und Harry schon wieder auf dem Flur standen, hörten sie ihn noch prusten und gackern.

Max, der hochrot angelaufen war vor Zorn und vor Scham und nach einem letzten stotternden Anlauf Harry einen Wink gegeben und das Feld geräumt hatte, hüllte sich für den Rest des Tages in Schweigen. Am nächsten Morgen blieb er in seinem Bett liegen, als sei er krank, und schwieg weiter. Harrys schüchterne Aufmunterungsversuche – Tendenz: Geld ist nicht alles im Leben – zeigten keinerlei Wirkung. Alles, was er aus Max herausbrachte, war: »Du Harry, ich glaube, deine Dampfzigarette war ein Schuss in den Ofen.«

5
Ideen kann man nicht wie Schuhe verkaufen

»Na, Herr Professor?«, pflegte Herr Stragierowitz zu sagen, wenn Harry am Kiosk erschien, denn er wusste, dessen Erwiderung würde wortreich sein und Fragen erörtern wie die, ob Kaugummi ein Nahrungsmittel sei oder etwas anderes, zum Beispiel ein Spielzeug. »Anders gefragt: Ist Kaugummikauen essen?«

Gewöhnlich hörte sich Erwin Stragierowitz das eine Weile an und fragte dann, ohne mit einer Antwort zu rechnen: »Wie immer, Professor?« Dann ging er, holte zwei Dosen Coca-Cola, legte den üblichen Tabak dazu, das Zigarettenpapier und schob Harry alles hin mit den Worten: »Zahlen nicht vergessen, Herr Professor.« Harry zahlte dann, wenn er konnte, oder er ließ anschreiben, jedenfalls war die Unterredung damit beendet. So war es immer, so kannte Herr Stragierowitz den Vorgang und umso überraschter war er deshalb, als Harry eines Tages weder das eine noch das andere, sondern gar nichts tat. Wie gelähmt stand er einfach nur da und gaffte die Packungen an, auf denen unübersehbar das Wort DAMPFI prangte. Erwin Stragierowitz wurde die Sache schon mulmig, denn es dauerte erschreckend lange, bis Harry das, was er dachte, mit dem, was er sah, in Übereinstimmung gebracht hatte. Als das endlich geschehen war, ergriff er eine der Packungen und verließ Hals über Kopf den Kiosk, dessen Inhaber ihm kopfschüttelnd nachsah, dann einen mit »Professor« überschriebenen Zettel hervorkramte und den Preis notierte.

*

Auch Hassan beobachtete Harry, wie er mit Riesenschritten die Katinka hinunterhastete. Jeder andere hätte den wild gestikulierenden Mann für einen entnervten Alkoholiker gehalten, aber Hassan wusste es besser. Da der Riementrick ein durchschlagender Erfolg gewesen war, hatte Hassan sogleich noch andere von Max und Harry en passant entwickelte Lösungen dem Chef als Verbesserungsvorschläge unterbreitet, und alle hatten sich als realisierbar und im höchsten Maße effizient erwiesen. Auf die technischen waren soziale Veränderungen gefolgt. Die wichtigste bestand darin, dass der Chef ausgerechnet ihm, dem sogenannten Türken, jene Aufmerksamkeit schenkte, auf die eigentlich der Vorarbeiter ein natürliches Anrecht zu haben glaubte. Kein Wunder, dass Hassan sich für den vorüberhetzenden Harry interessierte, der seinerseits für die Baustelle heute allerdings keinerlei Interesse zeigte.

Harry, dessen Lebensgeister offenkundig zu ihm zurückgekehrt waren, hatte es eilig wie schon lange nicht mehr. Er stürmte ins Haus und die Treppe hinauf und stand einen Atemzug später am ganzen Leib schwitzend vor Max, dem er die soeben gekaufte Packung unter die Nase hielt.

»Dampfzigaretten!«

Harry schnaufte, schnappte nach Luft. »Erinnerst du dich noch an diesen ... diesen ... wie hieß er noch?«, fragte er und fuhr mit verstellter Stimme fort: »Meine lieben jungen Freunde, das ist wirklich eine äußerst originelle Idee, was Sie mir da anbieten, nur leider völlig aussichtslos, völlig neben dem Trend und mit Sicherheit unverkäuflich.« Harry zog das gequälte Gesicht eines kaufmännischen Angestellten mit Zusatzausbildung in Marketing. Dann war er wieder er selbst und sagte, indem er triumphierend die Packung hochhielt: »Das ist der Beweis. Es geht also doch. Von wegen unrealistisch und aussichtslos. Es geht.«

Max nahm ihm die Packung aus der Hand, öffnete sie, begutachtete das zigarettenähnliche Gebilde, das sich darin befand, hielt die Ampullen gegen das Licht und nahm sich dann die Verpackung wieder vor.

»Sie haben Kinderzigaretten daraus gemacht.«

»Sicher, ich hatte mehr an eine Ausstiegsdroge gedacht«, sagte Harry. Nun, das musste er zugeben, war eine Einstiegsdroge daraus geworden. Das dämpfte seine Begeisterung etwas. Ansonsten war jetzt aber einwandfrei erwiesen, dass die Idee bei Weitem nicht so verrückt war, wie ihnen all diese kaufmännischen Angestellten mit ihrer fruchtlosen Zusatzausbildung hatten einreden wollen. Lag jetzt nicht buchstäblich auf der Hand, wie realistisch die Dampfzigarettenidee von Anfang an war und wie realistisch demnach ihre Kreationen auch sonst waren, allerhöchstwahrscheinlich?

*

Und in der Tat: Die Dampfzigarette sollte nicht der letzte Realisierbarkeitsbeweis dieser Art bleiben. Bald auf die Dampfzigarette folgte die elastische Schraube. Dann wurde mit großem Erfolg das Bierdeckeldesign modernisiert. Die platzsparende Ziehharmonikaflasche kam auf den Markt und setzte sich durch, desgleichen das Einwegkatzenklo und das Dosenfutter mit dem nasenfreundlichen Drehverschluss. Ziemlich viel Aufsehen erregte auch das abgefahrene Public-Relations-Konzept, das sie unter dem Namen »Die Blumen des Bösen« mehreren regionalen Großgärtnereien erfolglos angeboten hatten. Kurzum, die Beweise häuften sich. Anders jedoch als Harry und, aus seiner Depression erwachend, schließlich auch Max erwartet hatten, wirkte sich das nicht die Spur förderlich auf ihre Verkaufsverhandlungen aus. Zwar vergaßen sie niemals zu erwähnen, dass auch die Dampfzigarette, die elastische Schraube und diverse andere Innovationen, die zurzeit Marktverschiebungen größeren Ausmaßes bewirkten, ihnen vor Kurzem noch als ganz und gar unrealistisch hingestellt worden waren, aber die erhoffte Wirkung blieb aus. Stattdessen verstärkten sich die Warnsignale im Mienenspiel der kaufmännischen Angestellten, die Max schon seit Längerem beunruhigten. Sogar Harry begann zu verstehen, wovon Max sprach, als der »diesen lauernden Blick« mit der Tatsache in Verbindung brachte, dass die revolutionäre Karosserie, die anlässlich der Automobilausstellung Furore machte, ihren abgelehnten Entwürfen verblüffend ähnlichsah.

Wann immer Max und Harry fortan in einer Illustrierten blätterten oder in ein Schaufenster sahen – die Verwirklichung irgendeiner ihrer genialen Ideen erwiderte ihren Blick. An diesen Verwirklichungen verdiente sich so manch einer eine goldene Nase – so manch einer, nur eben sie nicht. Dabei brauchten sie nichts dringender als Geld. Zwar war der Einkommensschwund, den sie aufgrund der verhängnisvollen Entwicklung in einem weit jenseits des Äquators gelegenen Krisengebiets erlitten hatten, inzwischen zum Stillstand gekommen, dies aber auf einem deprimierend niedrigen Niveau. Das war schlimm, sehr schlimm – und doch, es gab Schlimmeres: Das Schlimmste waren die hochgestochenen Mutmaßungen, die im Fernsehen ein Kenner der volkswirtschaftlichen Verhältnisse anstellte über die, wie er sich ausdrückte, in ihrer Wucht schon fast ein wenig beunruhigende Innovationswoge, die gegenwärtig in allen Sparten des Wirtschaftslebens für Aufsehen sorge.

»Erklärungsbedürftig«, sagte der Mann, der mittels Nickelbrille und Fliege als Wissenschaftler ausgeflaggt worden war,

»ist eigentlich nicht die aktuelle Innovationshäufung, sondern der Innovationsstau, der dieser Häufung vorausgegangen ist und sich nun mit der Macht eines Sturzbaches gleichsam löst.«

»Das darf doch nicht wahr sein!«, schrie Max.

»Tja«, ergänzte Harry.

Der Fernsehwissenschaftler nahm die Brille ab. »Schauen Sie«, fuhr er mit einem milden Ton in der Stimme fort, »in einer freien und dynamischen Marktwirtschaft sind Innovationen eigentlich ganz normal. Außergewöhnlich und eo ipso erklärungsbedürftig ist ihr Ausbleiben.«

Das reichte. Max schaltete um. Auf dem Bildschirm erschien ein Italiener, der etwas in seiner Landessprache sagte. Auf einmal erklärte jemand: »Nestle-Café, jetzt auch als Cappuccino.« Max runzelte die Stirn. War das nicht auch auf ihrem Mist gewachsen? Schon verschwand der Italiener zugunsten einer Kuhlandschaft. Die Kuhlandschaft verwandelte sich in einen Käse. Dem Käse folgten Soßenflecken, die unter Einwirkung einer namhaften Chemikalie spurlos verschwanden.

Auch Aha-Erlebnisse unterliegen in der Häufung einem gewissen Trägheitseffekt. In unserem Fall bewirkte dieser mentale Trägheitseffekt, dass sich Max inzwischen nicht nur die Erfindung namhafter Chemikalien zutraute, sondern geneigt war, sogar den Käse noch auf sein und Harrys Erfinderkonto zu buchen. Er schaltete um. Gut verdienende Männer sprachen über ein Thema, das sie nicht besonders zu interessieren schien. Hinter den Männern sprang ein Monitor an und zeigte bürgerkriegsähnliche Szenen in einem Unruheherd. Max zog die Augenbrauen zusammen. Zwischen ihnen entstanden zwei kräftige Wülste. Auf dem Bildschirm verwandelten sich die zukünftigen Freiheitshelden in die gebleckten Zähne einer Schlagersängerin, worüber weder Max sich wunderte noch Harry, der seinen eigenen trüben Gedanken anhing.

»Man sollte ihnen was auf die Fresse geben!«, stieß Max plötzlich hervor und Harry erwiderte: »Gute Ideen kann man nicht wie Schuhe verkaufen.«

»Ich hätte es wissen müssen«, haderte Max und Harry gab das Echo: »Die Schuhe stellt man ins Regal zurück, wenn ein Kunde sie nicht haben will. Aber Ideen? Wem man sie verrät, der behält sie. Man bekommt sie nicht wieder zurück. So gesehen ist jede gute Idee, einmal ausgepackt, so gut wie verschenkt.«

»Hätte ich mich doch bloß auf mein Gefühl verlassen!«, jammerte Max. »Ich wusste doch: Da stimmt was nicht.«

»Ausgepackte Ideen sind verschenkte Ideen«, wiederholte Harry und hätte sich und Max ohrfeigen können für die Unbesonnenheit, mit der sie an die Sache herangegangen waren. Sogar ihre schriftlichen Aufzeichnungen hatten sie bereitwillig aus der Hand gegeben – zur abschließenden Begutachtung, angeblich. Schöne Begutachtung.

Max ging zum Kühlschrank, öffnete ihn. Die Salatölflasche widerte ihn an. Er warf die Tür wieder ins Schloss und hörte Harry sagen: »Wir haben uns nicht zu unklar, wir haben uns zu klar ausgedrückt.«

Max hockte vor dem Kühlschrank. »Wenn du mich fragst, wir sollten zur Bude gehen und dem ollen Stratzewitz was zu saufen abschwatzen. Wenn's sein muss, Schnaps.«

»Ob der jetzt überhaupt noch offen hat?«

*

Er hatte. Erwin Stragierowitz war mit den allabendlichen Aufräumarbeiten beschäftigt, und auch seine Frau war da. Die linke Hand auf ihr ausladendes Gesäß gestützt, beugte sich Hannelore Stragierowitz mühevoll ächzend über die Obstkisten und pflückte die verdorbenen Früchte heraus. Dabei meckerte sie träge vor sich hin. Das mit dem Obstverkauf war auch wieder so einer dieser ruinösen Spleene, die ihr bewiesen, dass sie alles, bloß keinen Geschäftsmann geehelicht hatte. Sie wies auf die Äpfel.

»Hast du überhaupt schon einen einzigen von denen verkauft?«

»Den Kindern von Marlies habe ich heute welche gegeben.«

»Gegeben! Ich habe von verkaufen geredet.«

»Die brauchen Vitamine.«

Hannelore Stragierowitz öffnete den Mund, schloss ihn wieder. Sie war jetzt doppelt wütend. Denn erstens hatte er offensichtlich noch keinen einzigen von seinen blöden Äpfeln verkauft und zweitens hatte er recht: Marlies' Kinder brauchten tatsächlich Vitamine. Sie kaute auf ihrer Unterlippe herum, suchte nach einer giftigen Bemerkung und hätte sicher auch gleich eine gefunden. Aber dann hörte sie ihren Erwin »Na, Herr Professor« sagen und war ganz Ohr. Ob sie echten schottischen Whisky hätten – ja, glaubt man's denn!

Natürlich hatte Erwin Stragierowitz keinen schottischen Whisky vorrätig, weder echten noch unechten. Dafür hatte er Doppelwacholder. Er stellte die Flasche auf den Tresen, ohne sie loszulassen, und sah erst Harry, dann Max auffordernd an.

»Ja also«, fing Harry an, »es ist –.«

»Hm?«, kam es von der anderen Seite des Tresens.

»Na ja, also ich meine, äh –.«

»Hm?«

»Vielleicht ...«, fing Harry wieder an, irritiert von der Hartnäckigkeit, mit der Herr Stragierowitz sich weigerte, ihn zu verstehen.

»Jetzt schreib die Flasche schon auf und lass den Zirkus«, befahl Hannelore Stragierowitz, die neben ihren Mann getreten war.

»Man wird ja noch mal einen Scherz machen dürfen.«

»Solche Scherze solltest du mit deinen Jussufs mal machen«, fuhr sie ihn an. Dann nickte sie Max und Harry aufmunternd zu. »Bei einem Gläschen Schnaps redet's sich leichter, wenn man sich mal in Ruhe aussprechen will.« Das sagte sie, als wüsste sie ganz genau, worüber Max und Harry sich aussprechen müssten. Aber so war es nicht. Und weil sie nicht wusste, worüber die beiden sich bei einer Flasche Schnaps aussprechen wollten, hatte sie, als sie das Obst fertig sortierte, etwas, worüber sie nachdenken konnte.

Auch als sie schon im Bett lag und auf das Schnarchen ihres Erwin lauschte, war sie mit ihren Überlegungen noch zu keinem befriedigenden Ergebnis gekommen. Steckt ja vielleicht doch keine Frau dahinter, dachte sie noch, dann fielen ihr die Augen zu. Es dauerte nicht lange, dann öffneten sie sich wieder. Da war doch was!

*

Das Klopfen war ganz zaghaft gewesen, aber Hannelore Stragierowitz hatte gute Ohren und wegen des Schnarchens ihres Mannes einen unruhigen Schlaf. Also stand sie auf, warf sich eine Decke über die Schultern und schlurfte unter ihrem eigenen Gewicht seufzend zur Tür. Im Hausflur stand ein kleines Mädchen. Es hatte ein blasses und für sein Alter viel zu spitzes Gesicht.

»Du, Sabrina, um diese Zeit?«

Die Kleine schwieg. Ihr Mund zuckte ins Weinen, aber noch weinte sie nicht.

»Na dann komm erst mal rein«, sagte die Stragierowitz und strich dem Kind behutsam über die Stirn. Sie wusste, dass sie damit einem mühevoll gestauten Tränenfluss die Schleusen öffnen würde. Sie hatte Geduld und wartete, bis die Kleine sich wieder etwas beruhigt hatte und mit ihrem Kummer herauskam. Seit über drei Stunden liege die Mutter schon auf dem Bett, nicht ansprechbar und mit Augen wie aus Stein. »Ist Marlies wieder so weit«, dachte Hannelore Stragierowitz, zog den Man-

59

tel über und steckte die Zigaretten ein. Sie war schon auf dem Weg zur Tür, machte dann aber nochmals kehrt, um aus dem Küchenschrank eine Taschenlampe zu nehmen; ihr war eingefallen, dass in der Katinka 34 seit dem Brand das Flurlicht nicht mehr brannte. »Keine Angst, das biegen wir wieder hin«, sagte sie dann und nahm Sabrina an die Hand.

Sie fand Marlies in dem von dem Kind beschriebenen Zustand. In einer der Zimmerecke stand ein Kinderbettchen. In dem Bett brüllte ein Säugling. Die Stragierowitz machte eine Flasche fertig und gab sie ihm. Den beiden Älteren befahl sie, ins Bett zu gehen und sich keine Sorgen mehr zu machen. Sie sei ja jetzt da. »So, und nun die Verrückte«, dachte sie und beugte sich über die junge Frau. – Das hätte sie lassen sollen.

Marlies war zwar wie gelähmt, aber nicht blind. Mit weit aufgerissenen Augen sah sie den ohnehin massigen Leib der Stragierowitz ins Riesenhafte anwachsen. Sie sah eine Hand näherkommen und bedrohlich anschwellen. Eine Mutterlawine stürzte auf Marlies zu. Plötzlich zuckte das Monstrum zurück, schrumpfte und verwandelte sich wieder in die rettende Stragierowitz, die auf Zehenspitzen zurückwich. Hannelore Stragierowitz ergriff einen Stuhl und platzierte ihn so weit von Marlies entfernt, wie es in dem kleinen Zimmer möglich war. Zu weit, sagte ihr Marlies' unruhiger Atem. So zog sie den Stuhl wieder etwas näher heran, worauf Marlies ruhiger zu werden schien. Es dauerte eine Weile, dann hatten die beiden Frauen den richtigen Abstand ausjustiert. Hannelore Stragierowitz legte die Hände in den Schoß und wartete. Sie lauschte auf die Geräusche im Haus. In der Wohnung unter ihnen dröhnten Männerstimmen.

»Die Sauerei muss ein Ende haben!«

Sollte das wirklich der versponnene junge Mann sein, den Erwin immer Professor nannte?

Unten wurde mit dem Fuß aufgestampft und »Schluss mit dem Beschiss!« geschrien. Dann schlug die Stimme um in eine

Art Grunzen. Hannelore Stragierowitz spitzte die Ohren, aber alles, was sie noch verstand, war: »Auf dass der Rubel rollt!« Dann klackten Gläser gegeneinander, jemand stürzte zu Boden. Eine Flasche kollerte quer durch den Raum.

Was immer dort besprochen wurde, es war nicht nach Hannelore Stragierowitz' Geschmack. Solche Parolen kannte sie. Nur zu gut kannte sie die. Flausen waren das und leere Sprüche – nichts als leere Sprüche. Wenn sie so was hörte, dann erschien vor ihrem inneren Auge unweigerlich ein Kellerraum, der bis unter die Decke mit Zeitungen, Illustrierten, Rätselheften und Versandhauskatalogen vollgestopft war. Mit geschlossenen Augen sah sie ihren Erwin, diesen größten aller Sprücheklopfer, wie er ein unförmiges Gerät bediente, das er seine einzigartige Altpapierbrikettpresse nannte. Sie sah die Wanne, in der das Papier aufgelöst werden sollte und dann wieder das Papierlager, die inzwischen verstaubte Wanne, die angerostete Presse, sie öffnete die Augen und seufzte.

»Lehrgeld ist bezahlt«, lallte unten eine Stimme. »Jetzt wird abgesahnt.«

*

Gut zehn Minuten brauchten Diplom-Kaufmann Brauers Mundwinkel, bis sie auf ihren äußersten Tiefststand herabgesunken waren. Geschlagene zehn Minuten lang hatte Brauer, zunächst wohlwollend, dann skeptisch, dann amüsiert, dann ungeduldig, schließlich verärgert, zu ergründen versucht, was die beiden Windbeutel ihm eigentlich verkaufen wollten. Jetzt trommelten seine Finger nervös auf der Schreibtischplatte herum, denn er wusste es immer noch nicht.

Max und Harry machten keine Anstalten, ihm aus der Ungewissheit zu helfen. Im Gegenteil, sie waren entschlossen, den kaufmännischen Diplom-Raubrittern mit Zusatzausbildung in

Plagiieren künftig keine Chance mehr zu lassen. Nur noch ganz vorsichtig andeuten wollten sie fortan ihre Vorschläge, vielleicht hier und da den Vorhang ein ganz klein wenig lupfen, gerade genug, um den Mund wässrig zu machen, aber mehr auch nicht. Substanzielles würde man von ihnen nur noch gegen Cash erfahren. So war es abgemacht und darum hatte Diplom-Kaufmann Brauer gehört, dass heute sein Glückstag sei, weil sich ihm heute jene Gelegenheit böte, die man im Leben nur ein einziges Mal ungenutzt vorübergehen lässt. Ein gewisses Projekt wurde ihm da offeriert, das man ohne Übertreibung eine Goldgrube nennen könnte, denn es gehe dabei um nicht weniger als um ein Produkt, das seit Langem überfällig sei und einem gewissen Konsumententyp schon bald so unentbehrlich sein werde wie dem Weintrinker der Korkenzieher.

Nun, da Brauer das wusste, erschien es ihm mehr als unwahrscheinlich, dass in dem Nebel von Andeutungen, den Max und Harry verströmten, irgendwo eine brauchbare Idee versteckt sein könnte.

Den gleichen Eindruck hatte auch Diplom-Kaufmann Siegel mit Zusatzausbildung in Marketing und auch in Menschenführung, als er ihnen mit einem feinsinnigen Lächeln zu verstehen gab, gewisse Aspekte ihres Vorschlags seien zwar gewiss erwägenswert, gewisse andere Aspekte stünden aber einer gewissen Kooperation gewissermaßen im Wege. Weniger feinsinnig zeigte sich Diplom-Kaufmann Hofmann, als er sie barsch unterbrach und ihnen, »Zeit ist Geld« knurrend, die Tür wies.

*

»Jedenfalls sind wir jetzt auf dem richtigen Weg«, bilanzierte Max die neueste Entwicklung ihres Verkäuferglücks, als sie auf ihrem Heimweg die Baustelle erreicht hatten und dort einer alten Gewohnheit folgend stehen blieben. Den Bauarbeiten schenkten sie allerdings heute keine Beachtung. Stattdessen versuchte Max seinen Optimismus damit zu begründen, dass das Lauernde aus den Mienen ihrer Gesprächspartner spurlos verschwunden sei. Er fand, das sei beruhigend.

»Ja, gut, mag sein«, stimmte Harry eher unwillig zu. Er wollte Max nicht wieder beunruhigen, aber dessen Optimismus einfach teilen konnte er auch nicht. Aus seiner Sicht konnte man von einer echten Gewinnerstrategie, wie man es auch drehte und wendete, bislang jedenfalls noch nicht sprechen. Offensichtlich fehlte der Methode des vorsichtigen Andeutens zur echten Gewinnerstrategie noch ein wichtiges Detail. Aber welches?

Hassan Rahmani spitzte die Ohren. Max und Harrys Gespräche waren immer interessant und lehrreich, selbst wenn es mal nicht um bautechnische Fragen ging. Nur dank dieser Gespräche war er ja für den Chef das geworden, was Max und Harry für ihn waren: Ideengeber. Und da er kürzlich mit allerlei Andeutungen beim Chef die Erwartung auf was richtig Großes geweckt hatte, war Hassan jetzt genauso gespannt wie der Chef, was das große Ding wohl für ein Ding seien könnte.

»Wo«, fragte Harry, »findet man eine erfolgreiche Erfolgsmethode, wenn nicht bei den Erfolgreichen?« Natürlich dachte er dabei nicht an Hassan. Er wusste ja nicht, dass dieser binnen kürzester Zeit vom Baustellenkuli zu einer Art Vorarbeiter honoris causa avanciert war und den nächsten Karrieresprung schon in Aussicht gestellt bekommen hatte. »Ja klar – bei den Erfolgreichen«, sann Harry und statt Hassan fiel ihm Eberhardt Nachtigall alias Vogel vom Metropolen-Magazin ein.

*

Als Vogel wenig später davon erfuhr, schmeichelte ihm Harrys Einfall zwar einerseits, und er hätte am liebsten »Man muss eben gut sein, Leute – man muss einfach gut sein!« gesagt, aber andererseits fand er die Frage, so wie Max und Harry sie an ihn gerichtet hatten, dann doch etwas arg unbedarft. Er stehe ja schließlich auch für etwas. Für einen kritischen Journalismus stehe er, dessen kommerzieller Erfolg zwar erfreulich, aber nicht die Hauptsache sei. Vogel fiel in den Singsang eines echten Profis. Während er sprach, glitt sein Blick über das einrichtungsästhetische Ensemble, bestehend aus japanischer Leere und einigen gut platzierten Einzelstücken. Den Stücken sah man an, dass sie nicht billig gewesen waren. Eines dieser Stücke war das graue Weichledersofa. Auf dem Sofa lag die Frau, die Vogel seinen Besuchern mit den Worten »Tanja, la tigresse« vorgestellt hatte. Jetzt suchte Vogel ihren Blickkontakt und fand ein spöttisches Lächeln.

Tanja war Anfang dreißig, nicht makellos schön, aber attraktiv. Sie schwang ihren offenbar recht muskulösen Leib in die Senkrechte und wandte sich an Harry. »Ihr habt also tatsächlich die Dampfzigarette erfunden und all das andere Zeugs?«

Max nickte eifrig.

»Und ihr habt nichts dafür gekriegt?«

»Ja, so ist es leider«, bestätigte Harry.

Max schlug die Augen nieder.

»Demnach habt ihr euch aber gut abziehen lassen.« In Tanjas Gesicht kämpften Staunen, Mitleid, Empörung und Spott. Dann hatte die Empörung gesiegt; Tanja schob die Unterlippe vor. »Ihr braucht Leute mit Geld, viel Geld.« Sie legte die Stirn in Falten, entfaltete sie wieder und sagte, indem sie Vogel auffordernd ansah: »Ich hab's. Dieser steinreiche Finanzmensch, von dem du dauernd erzählst, der wäre doch was für die beiden.«

»Welcher Finanzmensch denn?«, fragte Vogel und es klang nach »Halt doch den Mund!«

Tanja hielt den Mund aber nicht, sondern wurde ungeduldig. »Der mit dem Picasso natürlich, du weißt schon.«

»Du meinst Wöllner?«

»Ja, genau den.«

Vogel war nicht halb so überzeugt wie Tanja, dass Wöllner genau der Richtige für Max und Harry sei. Aber gegen Tanjas Augenblicksstimmungen war erfahrungsgemäß schwer anzukommen, und so versprach er, bei Wöllner gelegentlich ein gutes Wort für die beiden einzulegen.

»Wann?«, wollte Tanja wissen.

»Sobald ich ihn sehe, spreche ich mit ihm.«

»Und wann siehst du ihn?«

»Vielleicht morgen, vielleicht übermorgen, vielleicht nächste Woche oder auch erst nächsten Monat.«

Tanja schüttelte den Kopf. »Dann ist es besser, du rufst ihn an.«

»Unmöglich, das geht nicht!«

»Warum, ich denke, du kennst ihn.«

»Ja … nein … natürlich kenne ich ihn – aber so gut auch wieder nicht, jedenfalls nicht gut genug, um ihm für irgend so eine windige Idee das Startkapital aus der Tasche zu ziehen und das auch noch per Telefon.«

»Aber davon redet doch keiner. Du sollst einen Termin abmachen und ihm sagen, dass die beiden okay sind.«

»Trotzdem, so gut kenne ich ihn doch gar nicht. Ich bin ihm halt mal vorgestellt worden wie zig andere auch.«

»Du hast so getan, als gingest du bei ihm ein und aus. Richtig gebrüstet hast du dich damit.« Tanjas Stimme klang schrill. Sie war aufgesprungen. Die Hände in die Hüften gestützt, stand sie vor Vogel und schaute auf ihn herab.

Max und Harry fanden, dass es langsam Zeit zu gehen für sie wurde, und erhoben sich ebenfalls.

Vogel blieb sitzen. Es gab Momente, schale Momente, da löste sich für ihn in ein dummes Missverständnis auf, was er schon einmal – in besseren Momenten – »eine leidenschaftliche Verwicklung« genannt hatte. Gewiss, Tanja besaß die Fähigkeit, Männer glauben zu machen, sie sei unter den Frauen ein ungeschliffener Diamant. Doch wenn man sie so von unten betrachtete, dann verschwand die herbe Schönheit aus ihren Gesichtszügen und es trat ein Ausdruck hervor, den Vogel derb, dreist, einfältig und plump fand. Wenn man sie so ansah, dann war es, als blicke man ihr unter den Schleier, und was man da sah, hatte mit erotischem Zauber, Femme fatale, Verhängnis und dergleichen wenig zu tun. Das war ernüchternd, sogar sehr ernüchternd. Vogel verzog das Gesicht, denn vor ihm stand nicht Tanja, la tigresse, sondern Tanja Wiedemann aus Bottrop, Metzgerstochter mit einem Hang zum Extravaganten im kunstgewerblichen Sinne – eine Frau, die sich für alles begeistern konnte, was aus ihrer beschränkten Sicht »irgendwie abgefahren« und »verrückt« war. Nein, sehr anspruchsvoll war sie nicht. Die Wahrheit war: Sie spiegelte den Leuten einfach deren Größenwahn zurück, und schon hielt man sie für eine tolle Frau. Jetzt also die beiden Spinner.

»Wo wohnt ihr noch mal?«, fragte Tanja, als sie Max und Harry zur Tür begleitete.

»Katinka 34«, sagte Max.

Tanja fand einen Filzstift und notierte sich die Adresse auf ihrem Handrücken. »Ich werde euch mal besuchen«, versprach sie, hielt dann kurz inne und fügte laut genug, um von Vogel verstanden zu werden, hinzu: »Tut mir leid, dass ihr ausgerechnet an dieses Großmaul geraten seid.«

6
Man muss den Lauten machen, wenn man gehört werden will

Der Sturm wirbelte alles auf. Zigarettenschachteln, Anzeigenblätter und Wurfsendungen aller Art flatterten durch die Luft, Bierdosen und Coladosen kollerten über den Asphalt, eine halb leere Milchtüte zog eine weiße Schliere hinter sich her und von der Baustelle aus wehten lange Staubfahnen in die Katinka. Wer heute im Hof die Wäsche hängen gelassen hatte, der konnte sein blaues Wunder erleben.

»Eine Sauerei sondergleichen!« Breitbeinig gegen den Wind gestemmt stand Hannelore Stragierowitz in der Hofeinfahrt und besah sich die Bescherung. »Als hätte die zu viel davon!«

Der Sturm hatte die Wäsche über den ganzen Hof verteilt, nur eine Strumpfhose wurde noch von den Klammern gehalten und zappelte hektisch an der Leine.

»Man sollte sich einfach nicht drum scheren«, drohte Hannelore Stragierowitz, aber da Marlies, der die Drohung galt, nicht in Sicht war, brachte sie die Strumpfhose in Sicherheit. »Da krieg ich so einen Hals«, würde sie Marlies bei der nächstbesten Gelegenheit angiften und mit den gespreizten Händen würde sie vormachen, wie dick ihr Hals vor Ärger eigentlich anschwellen müsste. Aber jetzt war Marlies nicht da. Also begann sie, auch die übrige Wäsche einzusammeln. Dabei fluchte sie leise vor sich hin. Sie wusste nicht, wen sie mehr verfluchen sollte: Marlies, die Schlampe, die ihre Wäsche mal wieder vergessen hatte und eines Tages noch ihren Kopf vergessen würde, oder ihre Nachbarin Juliane Alsbeck, die, wie aus den Stragierowitz'schen Augenwinkeln gut zu erkennen war, am Fenster stand und so tat, als staube sie die Blumen ab. Hannelore Stragierowitz war mit sich über die Hauptursache ihrer schlechten Laune noch nicht ins Reine gekommen, als ein Wagen an der Hofeinfahrt hielt und ihre Aufmerksamkeit auf sich zog.

Wer sich bei so einem Wetter ans Steuer setzte, der musste wohl einen triftigen Grund dafür haben. Immerhin hatten sie im Radio einen Orkan angesagt.

*

Tanja wäre auch ohne triftigen Grund losgefahren, denn orkanartige Böen waren genau nach ihrem Geschmack. Ein Wetter mit Thrill. Tanja gehörte zu den Leuten, die ein Unwetter genießen wie eine Fahrt auf der Achterbahn. Doch so wahnsinnig orkanartig waren die Böen heute gar nicht. Offenbar hatte sich Helga, so hieß der Orkan, schon über England und Frankreich verausgabt. Schade eigentlich – ein bisschen mehr wäre Tanja ganz recht gewesen. Aber immerhin hatte sie ja einen triftigen Grund, und darum kramte sie jetzt in ihrer Handtasche. Als sie den Zettel mit der Adresse gefunden hatte, spähte sie durch das Seitenfenster nach den Hausnummern. Idiotischerweise hatte sie neben einer Hofeinfahrt geparkt. Sie wollte den Motor wieder anlassen, um ein Stück weiter zu fahren, als sie im Hof einer Frau gewahr wurde, die sie mit unverhohlener Neugier beobachtete und unglaublich dick war.

Einen Berg Wäsche an den Leib gepresst, glich die Frau einer riesigen Henne. Tanja erwiderte ihren Blick – und fuhr zusammen. Der Sturm hatte eine Kunststofffolie irgendwo losgerissen

68

und mit einem nassen Flatsch gegen die Windschutzscheibe geschleudert. Tanja griff nach der Handtasche und öffnete die Tür, die sie nur mit Mühe gegen den Wind halten konnte. Als sie ausstieg, hörte sie hinter ihrem Rücken ein seltsames Klopfen. Sie drehte sich um.

Hochgewachsen und hager, bekleidet mit einem offenen Mantel, dessen Hälften wie Flügel im Wind flatterten, näherte sich ihr auf dem Bürgersteig eine männliche Gestalt. Dem Mann fehlte ein Bein. Er ging an Krücken und schlug damit zum Sturmgebrause den Takt. Als er auf Tanjas Höhe herangekommen war, öffnete sich sein zahnloser Mund und krächzte: »Macht hoch die Tür, die Tor macht weit, es kommt der Herr der Herrlichkeit.«

Die Frau mit der Wäsche gab Tanja ein Zeichen. Tanja verstand nicht und lief zu ihr hin, als der unheimliche Sänger vorüber war.

»Der ist harmlos. – Wohin wollen Sie denn?«

»Nummer 34.«

»Das ist gleich nebenan.«

Tanja klemmte ihre Tasche unter die Achsel und folgte dem Einbeinigen, dessen heiserer Gesang noch schwach zu hören war. »Macht hoch die Tür, die Tor macht weit, es kommt der Herr der Herrlichkeit ...« Immer wieder dieser Vers.

Der Sturm, die nasse Plastikfolie, die dicke Frau, der unheimliche Sänger – Tanja kam sich vor wie in einem Pasolini-Film. Das Klingelbrett von Haus Nummer 34 hätte man als Kunstwerk ins Museum hängen können. Drähte hingen heraus, Knöpfe fehlten, sodass die Kontakte blank lagen, eine Ecke war abgebrochen, da musste jemand mit dem Hammer draufgehauen haben. Die Namen, ungelenk hingekritzelt, waren verblasst und kaum noch lesbar. Nur eine Klingel war akkurat mit »Fam. Günther Siebel« beschriftet. An dem Schild hingen Klebstoffreste. Offenbar war der Name irgendwann provisorisch überklebt worden. Hier klingelte Tanja. Vergeblich wartete sie auf das Summen des Türöffners. Sie klingelte wieder und lehnte sich gegen die Tür. Die Tür gab nach. Das Flurlicht funktionierte nicht. Im trüben Schein verstaubter Treppenhausfenster sah sie, dass es hier gebrannt hatte. Die Wände waren stark verrußt, das Holz der Stufen an einigen Stellen angekokelt. Einzelne Stufen waren notdürftig mit ungehobelten Brettern repariert worden. Auf der zweiten Etage gab es drei Wohnungstüren. Neben einer von ihnen hatten Max und Harry ihre Namen in den rußgeschwärzten Wandputz geritzt. Tanja fand keine Klingel und klopfte kräftig gegen die Tür. Sie hörte Schritte. Die Tür wurde geöffnet und vor ihr stand Harry.

»Oh!«

Harry kratzte sich verlegen den Sack, als er Tanja erkannte, denn er war nur mit einer ausgeleierten Unterhose bekleidet. Tanja unterdrückte ein Kichern.

»Na?«

»Ja – äh, hallo, komm rein«, sagte Harry und wies ihr den Weg in die Küche.

»Hey, das ist ja eine Überraschung«, rief Max, als Tanja in die Küche trat. Er sprang auf und räumte einen Stuhl für sie frei. »Ich hätte nie gedacht, dass du tatsächlich mal vorbeikommst.«

»Warum? Ich hab's doch versprochen.«

»Na ja, das sagt man so: ‚Ich werde euch mal besuchen.‘ Und dann tut man es doch nicht.«

»Ich schon. Komme ich ungelegen?«

»Aber nein! Absolut nicht. So war das nicht gemeint.«

Tanja stellte ihre Handtasche ab und nahm Platz.

Max fühlte sich missverstanden. Er finde es gut, wenn Leute nicht nur so daherredeten, sondern auch meinten, was sie sagten, beeilte er sich richtigzustellen. Er blickte zum Fenster und dann wieder zu ihrem Rock, der ziemlich kurz war. »Ziemlicher Sturm da draußen.«

»Och, es geht«, erwiderte Tanja. »Aber stell dir mal vor: Mir ist gerade einer über den Weg gelaufen, der hat ‚Macht hoch die Tür‘ gesungen – direkt hier bei euch vorm Haus.«

»Du meinst sicher den Einbeinigen. Den kenne ich. Der hat sie nicht mehr alle – haust drüben im toten Bahnhof.«

»Irre, der Typ. Ich hab gedacht, ich bin im Kino.«

»Von der Sorte gibt es hier einige.«

»Echt?« Tanja zog die Füße auf den Stuhl. Sie schlang die Arme um die Beine, klemmte ihr Kinn zwischen die Knie und strahlte ihn an. Sie schien beeindruckt zu sein.

Dass ihre Beine ein wenig muskulös wirkten, registrierte Max noch – bevor sie ihn in ihren Blick gezogen hatte. Max grinste. Tanja grinste auch. Dann erschien Harry in der Küche. Er trug jetzt eine Trainingshose und ein fast sauberes T-Shirt.

Tanja löste sich wieder aus der Kauerstellung und hob die Handtasche auf ihren Schoß. Die beiden Jungs waren ja noch viel verrückter, als sie erwartet hatte. Sie holte eine Sektflasche hervor, überreichte sie Harry, der sie nach anfänglichem Zögern mithilfe eines Geräts entkorkte, das er ursprünglich selbst erfunden und schon aus diesem Grund kürzlich im Supermarkt hatte mitgehen lassen. Max spülte drei Gläser und stellte sie auf den Tisch. Tanja goss ein. Dann hob sie ihr Glas wie zum Trinkspruch.

»Ich habe über euch nachgedacht. Es muss was geschehen.«

Ihrer unternehmungslustigen Miene nach wusste Tanja auch schon, was zu geschehen hatte. Max und Harry sahen sie erwartungsvoll an und erfuhren, dass nicht irgendwelche kaufmännischen Angestellten, sondern sie selbst – genauer: ihre völlig unbegründete Bescheidenheit das eigentliche Problem sei.

»Ihr seid eure eigene Antireklame.«

Etwas Fragendes lag in den Blicken, die Max und Harry daraufhin tauschten. Plötzlich hellte sich Harrys Miene auf. Ihm war die Frage wieder eingefallen, die er schon bei seiner ersten

Unterredung mit Vogel nicht zufriedenstellend hatte beantworten können. Es war die Frage nach der Art der Verbindung zwischen ihm und Max. Er hatte nach dem Besuch beim Metropolen-Magazin noch lange darüber gegrübelt, aber Max war auf das Thema nicht ein einziges Mal angesprungen. Es war ja auch wirklich kein einfaches Thema, wenn man es ernst damit meinte und tatsächlich mal versuchte, das, was zwischen ihnen beiden war, präzise in Worte zu fassen. Aber vielleicht, überlegte Harry jetzt, musste man das auch gar nicht herausfinden, sondern entscheiden. Konnte man die Sache nicht per Beschluss … einfach klären? »Vielleicht«, beendete er die innere Zwiesprache, indem er sich wieder den anderen zuwandte, »vielleicht hätten wir einfach viel formeller auftreten sollen, nicht als irgendwelche Privatpersonen, sondern ganz seriös als Firma, als eine richtige Firma. Die Leute wollen doch nicht nur wissen, wer wir sind, sondern vor allem auch was. Und dann sagt man eben ‚Wir sind die Firma soundso‘ und fertig.«

Tanja seufzte.

Max stimmte in ihr Seufzen ein. Ach Gott ja, Harry hatte seine Qualitäten, aber als Geschäftsmann – als Geschäftsmann war er eine absolute Niete. Darüber konnte man beim besten Willen nicht hinwegsehen, bei aller Freundschaft.

Geduldig erklärte Tanja, worauf es ihrer Meinung nach im Umgang mit kaufmännischen Angestellten ankomme. Vieles sei wichtig, aber entscheidend sei das persönliche Auftreten. Harrys Nervosität, Max' bedächtige Sprechweise, die schon an Monotonie grenze, und vor allem die Bescheidenheit, die dem einen wie dem anderen überdeutlich im Gesicht geschrieben stehe, das alles müsse auf ihre Gesprächspartner geradezu niederschmetternd wirken. Ihr Auftritt müsse ein Ereignis sein, ein echtes Ereignis, das einschlägt wie eine Bombe. Originalität, Kreativität und auch Dynamik seien Eigenschaften, die man ihnen sofort – und das heißt schon auf den ersten Blick – anmerken müsste. Das Outfit, die Gestik, die Mimik, die Rede, die ganze Performanz – einfach alles müsse nur so strotzen vor Selbstgewissheit und Ideenreichtum. So dozierte Tanja und fasste den theoretischen Teil ihrer Belehrung in einem einzigen Satz zusammen: »Man muss den Lauten machen, Leute, wenn man gehört werden will.«

*

Glücklicherweise besaß Tanja einen ausgedehnten Bekanntenkreis, zu dem auch Vera gehörte, die ihr geisteswissenschaftliches Studium vor einigen Jahren zugunsten einer Friseurlehre aufgegeben hatte und sich neuerdings Stylistin nannte. Als Vera Harry erblickte, wusste sie sofort, dass in diesem Fall nur ein Image irgendwo zwischen Woody Allen und Albert Einstein infrage kam. Folglich wurde sein langes, feines und von den Jahren schon etwas ausgedünntes Haupthaar kunstvoll zerzaust und mit Haarlack in diesem Zustand fixiert. Seine Nickelbrille wurde durch ein überdimensionales Monstrum aus Horn ersetzt, das Vera »total abgefahren« nannte. Es fand sich auch noch ein überlanges und zu weites Zwanzigerjahre-Sakko, das an Harrys knochigem Körperbau schlabberte wie eine Fahne im mäßigen Wind.

Obwohl Harry schon bei der Erwähnung Albert Einsteins ein geradezu kindliches Vertrauen in Veras Kunstfertigkeit gefasst hatte, redete Max pausenlos auf ihn ein, als gelte es, einen hartnäckigen Widerstand zu brechen. Die Veränderung des Outfits sei nicht als Kritik an seiner Person zu verstehen. Das alles sei nur eine Frage der Verpackung, beschwichtigte er. Jedes Business sei heutzutage eben auch Showbusiness. Dabei befleißigte er sich einer ungemein lebhaften Sprechweise und vermied jeden Ausdruck von Bescheidenheit und Monotonie. Umso verständnisloser blickte er Tanja an, als diese unmissverständlich auf ihn deutend fragte: »Und was machen wir mit ihm, Vera?«

Das tat weh. Max fühlte das Blut in die Ohren steigen. Trotzdem quälte er sich ein Lächeln ab und sagte mehr oder weniger leichthin zu Harry: »Siehst du – ich kriege auch mein Fett ab.«

Ein gutes Styling, erklärte Vera, während sie Max sein rotes Jockey-Cap wegnahm und ihn in eine Art Leichenbestatter à la Wildwest verwandelte – ein gutes Styling wirke niemals aufgesetzt, sondern bringe die Eigenart der betreffenden Person pointierter zur Geltung. Dabei müsse man aber bedenken, dass Max und Harry als Ensemble auftreten wollten. Da sei es psychologisch vorteilhaft, wenn sie sich deutlich voneinander unterschieden. »Je stärker der Kontrast, umso besser«, murmelte Vera und war mit ihrem Werk noch nicht ganz zufrieden. Harry erhielt als zusätzliches Kontrastsignal eine quietschgelbe Fliege und wurde ermahnt, einen fortlaufenden, ebenso wort- wie geistreichen Redefluss hervorzubringen. Dabei dürfe er ruhig ein bisschen überspannt wirken. Hingegen habe Max durch Wortkargheit und einen äußerst trockenen Humor aufzufallen.

Vera trat einen Schritt zurück. Ein letzter prüfender Blick. Sie zupfte hier und da noch etwas zurecht und sagte dann, indem sie Daumen und Zeigefinger zu einem O formte: »Bon!«

*

»Verboten!« Juliane Alsbeck hatte schon viel gesehen, aber das –. »Die sahen ja so was von verboten aus. Sie können es sich nicht vorstellen.«

Doch, Hannelore Stragierowitz konnte es sich vorstellen oder vielmehr, sie brauchte es sich gar nicht vorzustellen, denn sie hatte Max und Harry auch schon in ihrem neuen Outfit gesehen. Jetzt war also tatsächlich eine Frau aufgetaucht, und siehe da: Die Burschen warfen sich sofort in Schale.

»In Schale? Na, ich weiß nicht.«

»Gott, so ist heute mal die Mode bei den jungen Leuten. Da kommt unsereiner nicht mehr mit«, erklärte Hannelore Stragierowitz, die ja schon geahnt hatte, dass eine Frau dahintersteckte. Aber wer von den beiden nun eigentlich ...?

»Vielleicht beide«, schlug Juliane Alsbeck vor, denn sie erinnerte sich noch lebhaft an das Sodom und Gomorrha, das vor einigen Jahren in Gestalt langhaariger Krawallmacher über die Katinka hereingebrochen war. »Es gibt Leute, die kennen da nichts.«

»Ja, vielleicht beide«, griff Hannelore Stragierowitz den Gedanken auf, den sie selbst auch schon erwogen hatte. Aber ob das auf die Dauer gut gehen konnte? Da hatte sie so ihre Zweifel. Ihre ganze Lebenserfahrung sprach eigentlich dagegen. Eine Frau mit zwei Männern, das ginge schon. Aber zwei Männer mit einer Frau?

Juliane Alsbeck kam auf das angeblich modische Outfit zurück. Sie glaube nicht, dass es den beiden nur darum gehe, der Frau zu gefallen. »Nein, nein, da läuft noch was anderes.« Sie dämpfte die Stimme. »Die sahen irgendwie verkleidet aus.«

»Ach, was Sie sich da immer gleich zusammenfantasieren«, sagte Hannelore Stragierowitz und ahnte nicht, dass ihre Nachbarin diesmal gar nicht so falschlag.

*

Da lief wirklich noch was anderes, und Max und Harry sahen wirklich wie verkleidet aus – auch Tanja konnte nicht darüber hinwegsehen. Die Veränderung des äußeren Erscheinungsbildes war eben nur das eine. Das ganze Auftreten musste stimmen, und da lag doch einiges noch im Argen. So redlich Max und Harry sich auch mühten, Veras Anweisungen zu befolgen, sehr überzeugend war das Ergebnis nicht.

»Wir müssen das üben«, beschloss Tanja deshalb und verkündete ihren Entschluss in einem Ton, der keinen Widerspruch duldete. Indem sie den großen Küchentisch in die Mitte des Raumes rückte, einen Stuhl dahinter und zwei davor platzierte, verwandelte sie Max' und Harrys Küche in das Büro eines kaufmännischen Angestellten mit Zusatzausbildung in Marketing. Mit einem wichtigen Gesicht setzte sie sich an den Schreibtisch. Da fiel ihr ein, dass sie Telefon und Telefonbuch vergessen hatte. Sie holte beides herbei, nahm wieder Platz und blätterte in dem Telefonverzeichnis wie in einer wichtigen Akte. Plötzlich schaute sie kurz auf, lächelte verbindlich und sagte, indem sie auf die leeren Stühle wies: »Bitte, meine Herren!« Max und Harry setzten sich. Tanja blätterte in der Akte. Max und Harry schwiegen. Harry kratzte sich mit der linken Fußspitze die rechte Wade. Tanja schob das Telefonbuch beiseite und wandte sich ihnen wieder zu. »So«, sagte sie, »dann schießen Sie mal los.«

»Ehm, na ja, so benehmen sich diese Leute aber nicht«, wollte Max eigentlich sagen, kam aber nur bis »ehm, na ja«, weil Tanja ihn sofort unterbrach und darauf aufmerksam machte, dass »ehm, na ja« haargenau das Gegenteil von trockenem Humor sei. Dann zeigte sie Harry, was ein selbstbewusster Mann mit seinen Füßen macht – und vor allem auch, was so ein Mann nicht damit macht. Als das erledigt war, wiederholte sie: »So, dann schießen Sie mal los.«

»Peng«, rief Max und vollführte mit der Hand eine Bewegung wie ein Westernheld, der den Revolver zieht und aus der Hüfte schießt. Er hielt das für trockenen Humor. Tanja klärte ihn über seinen Irrtum auf und begann von Neuem.

*

So gingen die Tage ins Land. Wieder und wieder wurde Harrys Körperhaltung korrigiert und in zahllosen Rollenspielen wurden immer geistreichere Repliken und das unwiderstehliche Auftreten erfolgsverwöhnter Gewinnertypen einstudiert. Das hört sich einfach an, war aber längst nicht so einfach, wie Tanja es sich ursprünglich vorgestellt hatte. Harrys Fahrigkeit und seine Angewohnheit, sich ständig irgendwo zu kratzen, waren noch das geringste Problem. Aber warum hielt er manchmal mitten im Satz einfach inne? Warum verfiel er dann in ein dumpfes Schweigen und zeigte einen Gesichtsausdruck, den Tanja schlicht und nicht sehr respektvoll »debil« nannte?

Max, der dieses Verhalten kannte und mehr als nur zu akzeptieren gelernt hatte, wollte ihr erklären, was es damit an »Höherem« so auf sich hatte, aber unter Tanjas missbilligenden Blicken kam er nicht sehr weit mit seinen Erklärungen. Er holte zu weit aus, verhaspelte sich, wusste bald selbst nicht mehr so recht, was er eigentlich meinte, und fand zuletzt auch, dass Harry etwas mehr aus sich herausgehen müsste. Als Max zu dieser Einsicht gelangt war, fiel ihm wieder ein, dass er ja ursprünglich nur vorübergehend in Harrys Wohnung gezogen war und diesen Sachverhalt Tanja gegenüber ruhig mal erwähnen könnte.

Tanja dachte nämlich gar nicht daran, Harrys unvermittelte Schweigeminuten als geistigen Tiefgang zu respektieren. Stattdessen packte sie ihn, schüttelte ihn kräftig durch und schimpfte ihn einen versteinerten Holzklotz. »Egal was du denkst, sprich es aus!«, schrie sie ihn an. »Es kann ruhig ein bisschen extravagant und versponnen sein, das macht nichts. Aber du darfst nicht vor dich hinbrüten. Du musst reden, reden, reden.«

»Tja«, sagte Max, als er mit Tanja allein war, »er ist wirklich ein bisschen wunderlich geworden im Laufe der Zeit. Obwohl – als ich bei ihm eingezogen bin, da war er eigentlich auch schon so.«

»Und das hat dich nicht genervt?«

»Doch, doch, am Anfang schon, aber eigentlich war das für mich damals ja sowieso alles nur provisorisch, ich brauchte halt ein irgendein Dach über dem Kopf, die Scheidung – weißt du, und die ganzen Schulden, ich war ja so was von Pleite.«

»Du warst verheiratet?«

»Na ja.«

»Wahnsinn! Trautes Heim, Glück zu zweit und dann ist dir sicher die Decke auf den Kopf gefallen, und du hast gesagt: Nichts wie raus hier!«

»So ungefähr.«

»Alles stehen und liegen lassen, Hauptsache frei, was?«

»Ja, ja«, sagte Max halbherzig, denn die Wahrheit lag ihm auf der Zunge. Die Wahrheit war, dass er damals nur gegangen war, weil »sie« ihn rausgeschmissen hatte. Aber das sagte er nicht, sondern abermals: »Ja, ja.« Warum sagte er »Ja, ja«? Vielleicht, weil Tanja ihn so enthusiastisch anstrahlte.

»Es gibt Leute«, sagte sie, »die sind eben anders als der Rest, radikaler. Sekt oder Selters!«

Max nickte.

Tanjas Miene wurde ernst. Ihr Blick senkte sich in seine Augen. »Weißt du, was ich glaube?«

Max grinste.

»Ich meine es ernst.«

Max wurde ernst.

»Ich glaube, wir sind irgendwie miteinander verwandt, natürlich nicht richtig – ich meine: nicht biologisch, aber geistig. Also, ich kann das nicht so gut ausdrücken, aber vielleicht verstehst du mich ja trotzdem.«

»Ja, ich glaube, ich weiß, was du meinst«, sagte Max. »Schon als wir uns damals bei Vogel getroffen haben, hatte ich so ein Gefühl –.«

»Ach du liebe Güte, wenn ich daran denke«, fiel ihm Tanja ins Wort. »Du ahnst ja nicht, was ich euretwegen noch für einen Stress mit dem hatte. Der hat euch vielleicht gefressen! Richtig über euch hergefallen ist er. Verkrachte Existenzen und so. In

Wahrheit war er nur eifersüchtig.«

»Auf uns?«

»Der ist auf jeden eifersüchtig, für den ich mich interessiere. Das würde er aber niemals zugeben. Stattdessen macht er die Leute madig. Mit dem auf eine Party gehen, ich sage dir, das ist das Letzte. Der lässt dich keinen Moment aus den Augen. Und wenn ich dann schon dieses vorwurfsvolle Gesicht sehe! Schrecklich! Aber was soll's? Wenn ich rausgehe, dann gehe ich raus. Dann will ich mich amüsieren und Leute treffen. Wenn ich mit ihm allein sein will, dann kann ich auch zu Hause bleiben.«

Max nickte.

»Klar«, fuhr Tanja fort, »ich bin kein Engel. Aber ob du es glaubst oder nicht, manchmal gehe ich mit irgendwelchen Typen ins Bett, nur um ihn zu provozieren. Selber schuld. Wenn er sowieso immer eifersüchtig ist, dann soll er auch Grund dazu haben. Außerdem ist die Monogamie sowieso unnatürlich. Jedenfalls für mich.«

Max nickte und gedachte der beiden Frauen, denen er im Laufe seines geschlechtsreifen Lebens sexuell etwas nähergekommen war. – Oder waren es drei? Nun ja, bei sehr großzügiger Zählweise waren es sogar vier.

»Aber dann hättest du ihn mal hören sollen. Der eine war zu dick, der andere zu dünn, der Nächste strohdumm. Mit Eifersucht hatte das natürlich nicht das Geringste zu tun. Oh nein! Dann hätte er sich nämlich selbst widersprochen. Was meinst du wohl, was der mir anfangs für tolle Sachen erzählt hat von wegen offener Beziehung, keine Besitzansprüche, jeder frei und sein eigener Herr und so. Damit hat er mich ja überhaupt erst gekriegt damals, als wir uns kennengelernt haben. Das war genau das Richtige für mich. Nur hätte ich das nie so schön ausdrücken können wie er. Aber von wegen. Wahrscheinlich hat er dabei nur an seine eigenen Affären gedacht und nicht damit gerechnet, dass ich ihn beim Wort nehmen würde. Da hat er sich aber kräftig geschnitten. Ich habe ihm gut zugehört und seine Theorie angewendet. Und siehe da: Er ist eifersüchtig wie ein Hahn.«

»Aber auf uns –.«

»Ob du es glaubst oder nicht. Und dabei wart ihr ja wirklich nicht die großen Macs, so wie ihr da reingeschneit seid.« Tanja kicherte vergnügt. »Du mit deinem albernen Käppi und Harry … Das Käppi steht dir übrigens absolut nicht. Dadurch kommen deine Hamsterbäckchen erst richtig zur Geltung. Und Harry mit dieser unmöglichen Brille und den fettigen Haaren – na ja, wie Frauenhelden habt ihr nicht gerade ausgesehen. Dieser Stinkesockengeruch die ganze Zeit! Trotzdem habe ich gleich gemerkt, wie soll ich sagen, ich meine, dass ihr was habt, das Vogel nicht hat. So gesehen war seine Eifersucht auch wieder gar nicht so unbegründet. Ich meine, in einem tieferen Sinne.«

Max zweifelte einen Augenblick, ob ihm die Berechtigung von Vogels Eifersucht in einem etwas flacheren Sinne nicht lieber gewesen wäre. Er entschied sich dann aber doch dafür, Tanjas Ausführungen als schmeichelhaft zu empfinden. Sie hatte ja nicht gesagt, er sei hässlich. Und dass er sich, seit er mit Harry zusammenwohnte, äußerlich etwas hatte gehen lassen – da war was dran. Natürlich war er kein Schönling. Dergleichen hatte er sich auch nie eingebildet. Klar, er hatte seine Macken. Es hatte Zeiten gegeben, da hatte er unter seinen Hamsterbäckchen sogar ziemlich gelitten. »Sie« hatte ihn nie darauf angesprochen – mit keinem Wort, in den ganzen drei Jahren nicht. Aber wie ihr Blick manchmal seine Augen verfehlt hatte und etwas tiefer gerutscht war! Er hatte genau gespürt, was ihre Augen dann sahen. »Na du Gesichtchen«, hatte sie immer gesagt. Das sollte liebevoll klingen. Das klang aber nicht liebevoll und war auch nicht liebevoll gemeint. »Na du Gesichtchen« hieß: »Mit einem anderen Gesicht wärst du mir lieber.« Doch niemals ein offenes Wort. »Dann soll sie sich ihren Adonis doch suchen, ihren

ersehnten Traummann!«, hatte er sich nach der Scheidung gesagt. »Soll sie doch glücklich werden mit dem – falls sie ihn findet, was ihr nicht so leichtfallen dürfte mit ihren Speckröllchen
überall.«

Tanja war anders, ganz anders. Die nahm kein Blatt vor den
Mund. Aber wenn Tanja Hamsterbäckchen sagte, dann sollte
es nicht nur liebevoll klingen, dann klang es auch so. Tanja ließ
sich nicht beeindrucken von Äußerlichkeiten. Die war selbst
schön genug, die brauchte keinen schönen Mann an ihrer Seite.
Und für den Part wäre er, Max, da machte er sich gar nichts vor,
in der Tat ungeeignet gewesen. Nein, Max hatte nie behauptet, eine Augenweide zu sein. Er war zwar nicht dick, aber auch
nicht direkt schlank. Und wegen der Schlabberbacken hatten sie
ihn in der Schule schon gehänselt. »Mümmel« hatten sie ihn
genannt. Nein, er war nicht der Typ, auf den die kessen Disco-
mäuschen fliegen. Aber Tanja war keine Discomaus. Tanja war
eine Frau von Format. Die hatte in ihm etwas gesehen, etwas
Besonderes, etwas, das die Discomäuse eben nicht sehen.

»Ehrlich, ich finde euch toll«, sagte Tanja wie zum Beweis.
Sie dachte einen Augenblick nach, rückte näher an ihn heran
und gestand ihm – ach nein, nicht ihre Liebe. Das nicht. Sie
gestand ihm etwas anderes, vielleicht Tieferes. Sie gestand ihm
ihren Wunsch nach einer Art Familie, also keiner richtigen Familie, aber so etwas Ähnlichem wie einer Familie, in einem gewissen Sinne und natürlich ohne den Stress. Man habe natürlich so seine Lover, ja – aber es gebe da doch noch was anderes:
den Wunsch nach einem Menschen, der einfach nur da sei, ganz
selbstverständlich und unkompliziert, einem Menschen, dem
man sich jederzeit anvertrauen könne, was ja bei einem richtigen
Verwandten genauso unmöglich sei wie bei einem Lover.

»Ach, du weißt schon.«

So ganz genau wusste Max nicht, was sie meinte. Das mit
dem Lover war jedenfalls nicht auf ihn gemünzt. So viel hatte er

verstanden. Aber was daran so schlecht sein sollte, nur irgendein Lover zu sein, war Max nicht von Anfang an klar. Sicher, sie hatte das Wort sehr abfällig ausgesprochen. Offenbar sah sie in ihm jemanden, der nicht weniger war als ein Lover, sondern mehr. Etwas ganz Besonderes. »Sie will mich nicht zu einem Lover degradieren«, musste Max erkennen, und vielleicht war diese Erkenntnis auch der Grund, weshalb sich die Trefferquote seines Humors fortan merklich erhöhte.

*

Harrys Lernprozess nahm einen anderen Verlauf. In seinem Fall könnte man von einer negativen Konditionierung sprechen. Tanja konnte zwar nicht verhindern, dass er immer mal wieder in wortlose Nachdenklichkeit sank, aber dank ihrer unermüdlichen Intervention verkürzte sich die Dauer seiner Versenkung täglich. Schließlich schreckte er jedes Mal hoch wie vom Stromschlag getroffen, noch bevor sie überhaupt auf ihn losgehen konnte. Als dieser Punkt erreicht war, verfügte Max bereits über ein Inventar von mehr als fünfzig ebenso trockenen wie witzigen Bemerkungen, die er in jeder beliebigen Reihenfolge auswendig hersagen konnte, und Tanja befand, es werde langsam Zeit, die Probe aufs Exempel zu wagen.

*

»Ihr müsst den Lauten machen, nicht vergessen, den Lauten machen«, schärfte sie ihren Schützlingen ein letztes Mal ein. Dann wurde aus Theorie Praxis, Max und Harry machten den Lauten, und Diplom-Kaufmann Wilms, soeben von einem Ich-erkenne-meine-Stärken-Seminar zurückgekehrt, war einen Augenblick lang unschlüssig, ob er die beiden bizarren Gestalten, die soeben wie ein subtropischer Gewitterregen über ihn hereingebrochen waren, eigenhändig oder mit Unterstützung der für Hausfriedensbruch zuständigen Staatsorgane aus seinem Arbeitszimmer entfernen sollte. Genauso ratlos wie ihr Chef war auch Frau Angelika Östroff, die ziemlich betreten im Türrahmen stand und dergleichen in den vierzehn Jahren, die sie jetzt schon in Wilms' Vorzimmer Dienst tat, noch nicht erlebt hatte. Da war dieser ungekämmte Lümmel einfach hereingeplatzt, hatte »Ist Wilms da?« gebrüllt und ohne eine Antwort abzuwarten die Tür zum Chefzimmer aufgestoßen, als wäre er hier zu Hause. Und gerade als sie »Halt, halt, Sie können doch nicht einfach!« hatte schreien wollen, war zu allem Unglück auch noch dieser unheimliche kleine schwarze Gnom erschienen, hatte ihr den Finger auf den Mund gelegt und »Sesam schließe dich!« gesagt. Sie war starr gewesen vor Schreck und allem Anschein nach hatte sich auch der Chef mächtig erschrocken. Jedenfalls hatte er ganz blass dagesessen und die beiden Gestalten angestarrt, von denen der eine mit über der Brust gekreuzten Armen mitten im Raum stand und sehr von oben herab eine Rede hielt über den wirtschaftlichen Nutzen von Kreativität und Nonkonformismus und dies und das, während der andere die hübsche kleine Porzellanvase vom Regal nahm und sie dann, ohne ihr noch sonderlich Beachtung zu schenken, von der einen in die andere Hand hüpfen ließ. Gerade als Frau Angelika Östroff an den Führungsqualitäten ihres Vorgesetzten ernsthaft zu zweifeln begann, hatte dieser sich entschlossen, auf polizeilichen Beistand zu verzichten, und rückte »Raus, raus, raus hier!« brüllend die Welt seiner Vorzimmerdame wieder ins Lot. Er erntete ein höhnisches Gelächter und gab Frau Angelika Östroff den stummen Befehl, unauffällig zu verschwinden und draußen Alarm zu schlagen.

Nun erwies sich, dass Diplom-Kaufmann Wilms in der Firma keine ganz unbedeutende Persönlichkeit war, und folglich zahlreiche aufstiegsbewusste Mitarbeiter nur auf eine Gelegenheit gewartet hatten, sich bei ihm in ein günstiges Licht zu bringen. So kam es, dass der verzweifelte Hilferuf seiner Vorzimmerdame von mehr als einem fitnessgestählten Nichtraucher vernommen wurde und Max und Harry unsanfter, als es eigentlich nötig gewesen wäre, erst aus dem Chefzimmer und dann auf die Straße expediert wurden.

*

Tanja, die im Wagen gewartet hatte, stellte keine überflüssigen Fragen, als Harry ihr schon auf der Heimfahrt eine geheimnisvolle Kraft zu erklären versuchte, die er den Magnetismus der sozialen Masse nannte. Instinktiv tat sie das Richtige und stimmte seinen wirren Erläuterungen wiederholt voll und ganz zu. Das half. Jedenfalls half es Harry.

Max brauchte mehr als gute Worte, denn er war nicht nur moralisch angeschlagen. Während Harry viel zu irritiert gewesen war, um irgendeinen und sei es auch nur verbalen Widerstand zu leisten, hatte Max sich zu einigen nicht sehr humorigen Bemerkungen hinreißen lassen und deshalb sowohl Fußtritte als auch Faustschläge einstecken müssen.

»Irre, total irre«, stöhnte er, als sie endlich zu Hause waren und Tanja seine Prellungen mit sanfter Hand inspizierte. Wie die Tiere seien diese Idioten auf ihn losgegangen. Das reinste Irrenhaus! Die bescheuerte Sekretärin habe gekreischt wie eine Sirene. Und dann sei ein ganzes Rudel von Schlägern hereingestürmt und einer von denen habe ihn am Kragen gepackt und dann habe er, Max, »Pack mich nicht an, du Pisser!« geschnauzt, und dann sei endgültig die Hölle los gewesen.

»›Pack mich nicht an, du Pisser‹, hast du gesagt?«, fragte Tanja anerkennend und musterte Max' linke Backe, die stark angeschwollen war und immer noch schwoll.

Max hörte die Anerkennung und drehte auf. Anfangs sei dieser Mensch, dieser Wilms, ziemlich kleinlaut gewesen. »Wir hatten den gut im Griff.« Aber dann sei diese hyperventilierende Sekretärin hereingeplatzt, und Wilms habe, wahrscheinlich um vor ihr nicht so mickrig dazustehen, den großen Macker gespielt. Davon hätten sie sich aber nicht die Spur beeindrucken lassen. Sie hätten sich bloß beömmelt über den Typen. Der habe so was von dämlich ausgesehen. »Ein Bild für die Götter.« Krebsrot sei er angelaufen und habe kein Wort mehr herausgebracht. »Der war fertig, verstehst du? Wir hatte den voll in der Mangel.« Alles wäre bestens gelaufen, hätte die verdammte Sekretärin nicht die Nerven verloren. Die Frau sei einfach überfordert gewesen. In ihrem Gesicht hätte es gezuckt und gezittert wie in einem Gewitterhimmel, und dann sei sie plötzlich auf den Flur gerannt und habe sich dort aufgeführt wie eine Geistesgestörte. Die halbe Belegschaft habe sie zusammengeschrien. »Du kannst dir vorstellen, was da los war.«

»Eine Masse«, resümierte Harry, »entsteht aus einer Menge von Einzelpersonen, die alle gleichzeitig von einer ähnlichen Stimmung erfasst werden und sich in dieser Stimmung wechselseitig verstärken, also quasi hochschaukeln.«

»Und dann«, fuhr Max fort, »hatten wir die Situation nicht mehr unter Kontrolle. Das waren einfach zu viele, und alles schrie durcheinander.«

»Die Ähnlichkeit der Stimmung allein genügt nämlich nicht«, erläuterte Harry. »Die Stimmung schaukelt sich nur hoch, wenn sie geäußert wird. Indem die einen sie äußern, zum Beispiel durch Schreien, verstärken sie die Stimmung bei den anderen und damit deren Neigung, sie ebenfalls zu äußern, was wieder Stimmung und Stimmungsäußerung bei den Ersten anheizt und so weiter. Das ist eine Rückkopplung und Rückrückkopplung und so weiter. Wie das Quietschen, das manchmal entsteht, wenn Mikrophon und Lautsprecher im selben Raum ...«

»Dabei wussten die doch gar nicht, wer wir sind und um was

es eigentlich ging«, empörte sich Max.

»Die Masse existiert nur als Stimmung und sie reagiert auch nur auf Stimmungsäußerungen. Für alles andere ist die Masse taub.«

Behutsam tupfte Tanja mit einem feuchten Tuch Max' geschwollene Backe.

»Irgendwann ist die Masse derart erregt, derart geladen, dass sie gar nicht anders kann, als sich irgendwie zu entladen, zum Beispiel durch eine Gewalttat.«

Max schloss die Augen und setzte seine Erzählung fort. Da sei doch tatsächlich so ein Einfaltspinsel auf ihn zugetreten und habe ihn angefasst.

»Das konnte ich mir doch nicht bieten lassen!«

Tanja nickte.

Aber in dem Moment, fuhr Max fort, sei die Bande einfach nicht mehr zu halten gewesen. Man habe ihn und Harry durch den Flur geschubst und die Treppe hinunter, und in den Türen hätten die Tippsen gestanden und hätten sie ängstlich angestarrt mit riesigen Kulleraugen.

»Die werden euch so schnell nicht vergessen«, sagte Tanja und Max verstand: »Du bist mir ja ein toller Hecht.« Seine Schmerzen ließen nach.

7
Etwas Schwerwiegendes von langer Hand – aber was?

Nicht alle Diplom-Kaufleute waren so souverän wie Diplom-Kaufmann Wilms, der die Situation im Vertrauen auf die firmeneigenen Abwehrkräfte bereinigt hatte. Einige glaubten, auf polizeilichen Beistand nicht verzichten zu können. Infolgedessen wurden Max und Harrys Verkaufsverhandlungen binnen kürzester Zeit mindestens dreimal aktenkundig und Polizeihauptkommissar Weimar erhielt den dienstlichen Auftrag, zu ermitteln, was es mit dem Unwesen auf sich hatte, das Max und Harry augenscheinlich trieben und das näher zu bezeichnen Hauptkommissar Weimar noch der rechte Begriff fehlte. Formeln wie »Erregung öffentliches Ärgernisses«, »grober Unfug«, »Nötigung in einem minder schweren Fall« kamen ihm in den Sinn und wollten doch alle nicht so recht passen. Ein erstes Licht ging ihm auf, als Kommissaranwärter Kämmerlein die Personaldaten vorlas.

»Soso, ist ja interessant«, sagte Weimar und zeigte jenen Gesichtsausdruck, um dessentwillen man ihn im Kommissariat auch den alten Fuchs nannte. »In der Katinka wohnen die Herrschaften also. Na Kämmerlein, dann wollen wir doch mal sehen, seit wann.«

Kämmerlein tat wie ihm geheißen, und Polizeihauptkommissar Weimar pfiff kaum hörbar durch die Zähne, als er erfuhr, dass einer der Verdächtigen schon seit bald fünfzehn Jahren in der Katinka wohnhaft sei. Jung und unerfahren, wie er war, musste Kämmerlein von Kommissar Ott – erhöhter Blutzucker, Atembeschwerden, Übergewicht – erst darüber aufgeklärt werden, dass unter diesen Umständen mit einer größeren Sache zu rechnen sei sowie auch mit den Kollegen vom vierzehnten Kommissariat.

»Dann wollen wir den Jungs von der Politischen mal Beine machen«, freute sich Ott. Fälle, die sich auf andere Kommissariate abwälzen ließen, waren seine Lieblingsfälle. Ein kurzer Anruf und er würde sich wieder ganz der Hausapotheke zuwenden können, die er in Gestalt zahlreicher Fläschchen und Döschen in seinem Schreibtisch aufbewahrte. Doch wie so oft machte ihm der Hauptkommissar einen Strich durch die Rechnung.

Der dachte nämlich gar nicht daran, den dicken Fisch einem anderen Kommissariat zu überlassen.

»Die Lorbeeren holen wir uns selbst.«

Kämmerlein stimmte ihm hoch motiviert zu, denn Lorbeeren waren genau das, was ihm zurzeit noch fehlte.

Weimar umriss die Lage. Etwas Schwerwiegendes wurde von langer Hand geplant, und was immer es sein mochte, es hatte irgendwas mit den Entwicklungsabteilungen bedeutender deutscher Wirtschaftsunternehmen zu tun.

»Wollen doch mal sehen, ob die auch noch anderswo in Erscheinung getreten sind«, beschloss der Hauptkommissar und musterte den hoch motivierten Kommissaranwärter. Sein prüfender Blick wanderte weiter zu Kommissar Ott, der, wenn Weimar richtig gezählt hatte, allein in der letzten Stunde dreierlei Medikamente eingenommen hatte und nun das vierte mit einem Schluck Mineralwasser hinunterspülte. Er kannte Ott lange genug, um zu wissen, dass dem nicht nur der bittere Geschmack der Medizin das Gesicht verzog.

»Fehlt bloß noch, dass er mit den Hufen scharrt«, dachte Ott und betrachtete angeekelt den jungen Kollegen, dessen altersbedingtes Ungestüm das Gleichgewicht der Kräfte im Kommissariat ernsthaft zu stören drohte. Grünlinge nannte er solche Leute. Grünlinge waren aufgeblasene Muttersöhnchen, die Ärger machten.

»Der Ott ist dem Hauptkommissar doch nur ein Klotz am Bein«, dachte Kämmerlein und wich dem glasig trüben Blick des anderen aus, dessen ganze Physiognomie ihn mehr an einen aufgeschwemmten Molch als an einen Mann erinnerte.

Weimar machte der stummen Zwietracht ein Ende und kam zur Tagesordnung. »Franz-Joseph, du kommst mit mir«, entschied er. »Wir werden uns die Bürohengste zu Gemüte führen.«

Kommissar Ott grunzte zufrieden, denn er wusste, es gab Schlimmeres, als sich von Sekretärinnen Kaffee servieren zu lassen.

*

Ungefähr zu der Zeit, da der Pförtner der Kaiser-Brauerei nachdenklich die beiden Polizeiausweise betrachtete, dann eine Nummer wählte und, während er auf den Anschluss wartete, bedächtig die Trennscheibe der Pförtnerloge vorschob, erreichte Kommissaranwärter Kämmerlein die Katinka, um sich dort, wie ihm der Hauptkommissar aufgetragen hatte, ein wenig umzuhören und die näheren Lebensumstände der Verdächtigen zu erkunden. Schon bei der Vernehmung des Kioskinhabers Stragierowitz, der eine an Verdunkelung grenzende Wortkargheit an den Tag legte, erkannte Kämmerlein, dass er hier in ein ziemlich kriminogenes Milieu geraten war. Diese Einschätzung wurde auch bestätigt durch das Benehmen einer Horde von Halbwüchsigen, die ihn auf seinem Weg durch die Katinka begleiteten, indem sie ihm Ausdrücke nachriefen, von denen »Bullenschwein« noch der Harmloseste war, und die allesamt den Straftatbestand der Beleidigung mehr als erfüllten. Angesichts der Bedeutung seines Auftrags und um diesen nicht zu gefährden, habe er jedoch, wie Kämmerlein später in seinem Bericht ausdrücklich erwähnte, auf eine Personenfeststellung und damit auf die Möglichkeit der Strafverfolgung notgedrungen verzichtet. Stattdessen habe er das Haus inspiziert, in welchem die Verdächtigen den Unterlagen zufolge wohnhaft seien.

Bemerkenswerterweise seien deren Namen weder an den Klingeln noch an den Briefkästen vermerkt. Seine Nachforschung im Inneren des Gebäudes habe jedoch zu dem Ergebnis geführt, dass die betreffenden Personen sich sehr wohl dort aufhielten, nämlich in einer Wohnung auf der zweiten Etage, und – offenbar aus Tarnungsgründen – ihr Klingelschild mit »Fam. Günther Siebel« beschriftet hätten. Die Befragung der Arbeiter, die auf einer nahe gelegenen Baustelle beschäftigt seien, habe überdies ergeben, dass die beiden fraglichen Subjekte vor nicht allzu langer Zeit ihr Aussehen in einem höchst signifikanten Maße verändert hätten. Auch sonst seien die Bauarbeiter vergleichsweise kooperativ gewesen und hätten ihn auf eine Frau aufmerksam gemacht, die mit den Verdächtigen offenbar eine enge, wenngleich im Einzelnen noch ungeklärte Beziehung unterhalte. Außerdem hätten die Arbeiter wiederholt Andeutungen gemacht bezüglich eines türkischen Gastarbeiters mit Namen Hassan und ihm nahegelegt, diesem einmal gründlich auf den Zahn zu fühlen. Die betreffende Person stehe jedoch allem Anschein nach in der Gunst des Firmeninhabers, und so habe er, Kämmerlein, auf sein Nachfragen hin von den Arbeitern statt konkreter Verdachtsmomente nur ausweichende Antworten erhalten. Gleichwohl wolle er die Möglichkeit, dass besagter Hassan auf irgendeine Weise in die Sache verwickelt sein könnte, nicht gänzlich ausschließen, zumal der Pavillon, in welchem dieser Hassan sich überwiegend aufhalte, insofern nicht ganz unverdächtig sei, als das Interieur, wie er im Vorbeigehen habe feststellen können, mehr an eine Rauschgifthöhle denken lasse denn an eine herkömmliche Baubude.

*

»Na, na – nun seien Sie mal vorsichtig mit Ihren Schlussfolgerungen«, maulte Hauptkommissar Weimar, als Kämmerlein mit seinem Bericht an dieser Stelle angekommen war. Aber auf den Einwand hatte der Kommissaranwärter nur gewartet. Nicht ohne Stolz präsentierte er seinem Vorgesetzten eine Beobachtung, die das von ihm entworfene Bild aufs Schönste abrundete und bestätigte. Gerade als er seine Erkundungen habe abbrechen wollen, seien die Verdächtigen in Begleitung einer weiblichen Person auf der Straße erschienen, hätten sich auf direktem Wege zur Baustelle begeben und dort beinahe zehn Minuten lang miteinander gesprochen. Währenddessen sei besagter Hassan aus seinem Pavillon herausgekommen und habe sich die ganze Zeit über in unmittelbarer Hörweite der Verdächtigen aufgehalten. Als diese schließlich in einen blauen Lancia gestiegen und davongefahren seien, habe auch dieser Hassan sich sofort wieder in seine rauschgifthöhlenartige Behausung zurückgezogen.

»Mit an Sicherheit grenzender Wahrscheinlichkeit handelte es sich hier um eine konspirative Informationsweitergabe«, schloss Kommissaranwärter Kämmerlein seinen Bericht. Der Hauptkommissar stimmte ihm insofern zu, als er einen seiner leisen, im ganzen Kommissariat berühmten Pfiffe hören ließ und eine Fortsetzung der Kämmerlein'schen Observationstätigkeit anordnete.

*

»Was hältst du von der Sache?«, fragte Weimar, als der Kommissaranwärter das Zimmer verlassen hatte.

»Tja«, antwortete Ott, indem er kurz aufschaute und sich gleich darauf wieder in den Waschzettel eines Medikaments vertiefte, das er während der Rückfahrt noch schnell in einer Apotheke gekauft hatte. Die Liste der Nebenwirkungen beeindruckte ihn sehr. Zwei oder drei von den Symptomen und die Berufsunfähigkeitsrente wäre so gut wie geritzt. »Hör dir das nur mal an«, sagte er. »Herzklopfen und Herzrhythmusstörungen der schnellen Form, Fingerzittern, erhöhte Nervosität, Fieber, Hautausschlag, Jucken und Brennen in den Augen, Reizhusten, Schlaflosigkeit, Durchfall.«

»Was hältst du von diesem – wie hieß er noch? Dieser Mensch von der KaiserBrauerei.«

Ott legte den Waschzettel beiseite, griff in die Brusttasche und holte seinen Notizblock hervor. Er schlug die Seiten um, las: »Pfeifer. Etwa Mitte dreißig. Typ: verkauft seine eigene Großmutter, wenn der Preis stimmt. Antwortet auf die Frage, ob ihm die beiden schon einmal untergekommen seien, mit der Bemerkung: ‚Die sollen klagen, wenn sie was wollen, die sollen ruhig klagen.‘ Will aber nicht mit der Sprache raus, um was es da eigentlich geht.«

»Ja, irgendwas war mit dem«, überlegte der Hauptkommissar. »Seltsam, seltsam, und dann der mit der hysterischen Sekretärin.«

»Moment«, sagte Ott, »haben wir gleich. Östroff, Angelika war das. Die redete von einem Überfall. Es wurde aber nichts entwendet. Ihr Chef, ein Herr Wilms, Anfang fünfzig, Typ Choleriker, faselte was von einer Provokation. Hm, vielleicht sollten wir doch die Kollegen vom vierzehnten K…«

»Sag mal, Franz-Joseph, wie lange kennen wir uns jetzt?«

»Schon gut, schon gut.«

»Na also, dann pack deine Giftfläschchen mal zusammen.

Morgen früh um acht machen wir weiter.«

»Zwei Jahre«, stöhnte Ott und meinte damit die zwei Jahre, die ihn noch von der Pensionsgrenze trennten.

8
Wie geht Anmut?

Wäre Heribert Klein, Inhaber der Firma »Hoch und Tief – Bauen für die Umwelt«, vor einem halben Jahr auf einen Arbeiter namens Hassan Rahmani angesprochen worden, er hätte schwerlich sagen können, wer das war. Allerdings ging ihm das nicht nur mit Hassan so. Klein wusste zwar, wer seine Vorarbeiter waren und wie sie hießen, aber die meisten anderen Leute, die auf den Baustellen herumliefen, erkannte er als Mitarbeiter seiner Firma ausschließlich daran, dass sie den firmeneigenen Overall trugen. Die gönnerhafte Nähe und Vertraulichkeit, die dem Senior im Umgang mit den Arbeitern zur lieben Gewohnheit geworden war – ihm ging sie völlig ab. Vermutlich war das auch einer der Gründe, weshalb er in der Firma immer noch »der Junior« hieß, obwohl der Senior das Feld schon vor Jahren zu seinen Gunsten geräumt hatte. Jedenfalls war es nicht selbstverständlich, dass Heribert Klein Hassan als Individuum wahrnahm und sogar zu schätzen gelernt hatte.

Die Sichtbarwerdung des Individuums Hassan in den Augen seines Chefs hatte mit einem unscheinbaren kleinen Riemen begonnen. Diesen hatte Hassan so geschickt und in der Wirkung effektiv an der Mörtelpumpe angebracht, dass man sich fragen konnte, warum darauf bisher noch niemand gekommen war. »So simpel, so einfach und genial«, hatte Klein damals kopfschüttelnd gestaunt und schon am nächsten Tag seine Vorarbeiter angewiesen, den Riementrick auch auf den anderen Baustellen anzuwenden. Der Erfolg war verblüffend und verblüffte ihn immer noch.

Und das war nur der Anfang gewesen. Wie manchmal ein winziges Steinchen eine ganze Gesteinslawine auslöst, so waren auf diese kleine, höchst erfolgreiche Aktion weitere und immer ausgefuchstere Rationalisierungsmaßnahmen gefolgt – eine wahre Flut von kostenmindernden Innovationen, die allesamt auf der Katinka-Baustelle ihren Ursprung hatten. Als sollte ausgerechnet dem überdimensionierten und nicht nur in Kleins Augen vollkommen sinnlosen Bauwerk, das sie dort auf Geheiß der Stadt errichteten, auf diese Weise doch noch eine gewisse Sinnhaftigkeit zuteilwerden. Jedenfalls war die Baustelle für die Firma »Hoch und Tief – Bauen für die Umwelt« zu einer wahren Ideenschmiede geworden und Klein wusste durchaus, wessen Verdienst das war. Er suchte Hassans Nähe, verwickelte ihn in Gespräche, fragte ihn nach seinen Wünschen, lobte und hofierte ihn geradezu. Was zunächst als freundliche Aufmerksamkeit begonnen hatte, nahm so mehr und mehr den Charakter einer beflissenen Zuvorkommenheit an und war in allerletzter Zeit an der Schwelle zur offenen Unterwürfigkeit angelangt. Zwar hatte die Frequenz, mit der Hassan bautechnisch sofort umsetzbare Lösungen hervorbrachte, zuletzt deutlich nachgelassen, dies wurde aber mehr als kompensiert durch die »große Sache«, mit der Hassans unruhiger Geist offenbar schwanger ging. Zwar wusste Klein nicht so genau, um was es sich dabei im Einzelnen handelte, ja eigentlich wusste er überhaupt nichts Konkretes. Dass es aber etwas Großes sein musste, war aus Hassans Andeutungen unschwer zu entnehmen und nicht nur aus diesen. Auch die Selbstgefälligkeit und Extravaganz, die er neuerdings zur Schau trug, beeindruckten Heribert

Klein tief und bestärkten ihn in dem Glauben, ein Naturtalent, ja, ein Genie entdeckt zu haben, wie es im Baugewerbe nur ganz selten einmal vorkommt.

Wertvolles Humankapital musste umhegt, gepflegt und an die richtige Stelle befördert werden. Darum hatte er Hassan erst zum Vorarbeiter und dann zum einzigen und gut bezahlten Mitarbeiter einer neu gegründeten Abteilung für Innovation gemacht. Sein Angebot, ein repräsentatives Büro in der Hauptverwaltung zu beziehen, hatte Hassan – eigensinnig und kapriziös wie alle außergewöhnlichen Menschen – allerdings brüsk zurückgewiesen. Stattdessen residierte er in dem größten und komfortabelsten Baucontainer der Firma, der mit Kleins Zustimmung eigens für ihn in die Katinka geschafft worden war. Es handelte sich um eine Art Superbaubude, die dem entnervten Vorarbeiter, den es dort auch noch gab, ein weiteres Mal schmerzhaft vor Augen führte, wie sehr der Senior, der gute alte Senior der Firma doch fehlte. Offensichtlich hatte unter dem Junior der nackte Wahnsinn das Kommando in der Firma übernommen. Der Vorarbeiter war nicht der Einzige unter den Mitarbeitern, der das so sah. Jemand sagte nur »Rasputin« und alle, die es hörten, schienen sofort zu verstehen, wie es gemeint war.

Hassan hörte es nicht. Er saß in seinem Luxuscontainer zwischen Wasserpfeife, Samowar und allerlei buntem Schnickschnack, er rauchte, trank Tee, betrachtete das Geschehen auf der Baustelle und dachte nach. Da ihn der Chef für höhere Aufgaben freigestellt und von der Mühsal der Handarbeit entlastet hatte, ging er nur noch selten nach draußen. Wenn allerdings die beiden Spaziergänger, die ungeachtet ihres veränderten Outfits auf der Baustelle nach wie vor Rotkäppchen und Froschgesicht hießen, sich näherten, dann erschien auch Hassan in der Nähe des Bauzauns, was der attraktiven jungen Frau, die zum Erstaunen der Bauleute schon wiederholt in Begleitung der beiden gesehen worden war, durchaus nicht entging.

Wie es bei einer schönen Frau gar nicht anders sein konnte, bezog Tanja Hassans Annäherungsversuch auf sich. Verwundert, aber nicht ohne Wohlgefallen, betrachtete sie den auffallend bunt gekleideten Mann, der einem Märchen aus Tausendundeiner Nacht entsprungen zu sein schien und ihr auf der schmutzigen Baustelle reichlich deplatziert vorkam. Die stolze Haltung, der geschmeidige Gang, die braune Haut, der Blick – das hatte was und eröffnete Vergleichsmöglichkeiten, die nicht nur Harrys Kampf mit seiner überdimensionalen Hornbrille in einem eher ungünstigen Licht erscheinen ließen.

*

Harrys Gesten, sein Mienenspiel, die Schwankungen in seiner Stimme – dies alles schien irgendwie keinem gemeinsamen Oberkommando zu unterstehen und trug deshalb auch wenig dazu bei, die Aufmerksamkeit eines Zuhörers auf den Inhalt seiner Rede zu lenken. So aufschlussreich seine Ausführungen über den Magnetismus der Masse und dergleichen an sich auch sein mochten; aus seinem Munde wirkten sie arg überspannt und nicht sehr überzeugend. Tanja wollte ihn bestimmt nicht entmutigen, wirklich nicht, aber sie musste es einfach aussprechen. »Dir fehlt …«, sagte sie, »dir fehlt, wie soll ich es bloß sagen, das gewisse Etwas eben.«

Harry stutzte, hob die Augenbrauen und war ganz Ohr.

»Also ich meine«, begann Tanja wieder, »dir fehlt … also, ich weiß, es klingt komisch, aber dir fehlt … na ja … Anmut.« Dann lachte sie und wischte mit einer schnellen Geste das altmodische Wort beiseite, das ihr da wie von selbst über die Lippen gerutscht war.

Max lachte auch.

Harry lachte nicht; er wollte wissen, wie Anmut geht.

»Tut mir leid«, sagte Tanja, »das lernt man nicht. Man hat es oder man hat es nicht«.

Rat suchend wandte sich Harry an Max. Aber der griente nur, als teilte er mit Tanja ein geheimes Wissen und sagte: »Vergiss es.«

Harry vergaß aber nicht, sondern begriff, dass Anmut eine Eigenschaft war, die man sich im Selbststudium aneignen musste. Seine Recherchen im etymologischen Lexikon brachten ans Licht, dass »Anmut« von dem mittelhochdeutschen »der anemuot« abstamme, was ursprünglich »Verlangen« bedeutet hatte. Auf eine verlangende Art den Lauten machen wäre wohl angegangen, aber das etymologische Lexikon stellte die Aufgabe noch um einiges kniffliger, indem es vermerkte, dass »Anmut« im sechzehnten Jahrhundert sein Geschlecht geändert und im siebzehnten Jahrhundert die Bedeutung von »Lieblichkeit« angenommen habe. Lieblichkeit und den Lauten machen – wie ging das denn zusammen? Harry schlug im Englischwörterbuch unter »Lieblichkeit« nach und fand »lovelyness«. Er sah unter »lovelyness« nach und fand »Lieblichkeit«. Gott ja, er hatte dieses, wie er es nannte, transformative Sinnerkennungsverfahren bei anderer Gelegenheit schon mit größerem Erfolg praktiziert. Er sah im Französischbuch nach. »Lieblichkeit« gab es nicht, aber »lieblich«. »Lieblich« wurde mit »gracieux« übersetzt. Er suchte »gracieux« und fand »anmutig«, »freundlich«, »unentgeltlich«. Letzteres konnte wohl schlecht gemeint sein, »anmutig« hatten wir schon, blieb »freundlich«. Auf eine freundliche Art den Lauten machen? »Muss wohl«, dachte Harry und begann dem angeberischen Habitus, den Tanja ihm mühevoll beigebracht hatte, etwas Liebliches, wenigstens Freundliches beizumischen. Das war ein einsames Stück Arbeit, denn weder Tanja noch Max zeigten die Neigung, ihn bei seinem Lieblichkeitstraining zu unterstützen. Tanja lachte nur, sobald er davon anfing, und Max schien genau zu wissen, worüber Tanja lachte und was sie meinte, wenn sie sagte: »Das hat man oder man hat es nicht.«

Max schien überhaupt immer sofort im Bilde zu sein, wenn Tanja über etwas lachte oder etwas sagte. Harry wollte kein Spielverderber sein – aber die Art, wie die beiden zusammenkluckten! Dieses Gegibbel! Stundenlang saßen die beiden in der Küche und erzählten, gibbelten, erzählten, gibbelten; dabei war er, Harry, doch eigentlich fürs Reden zuständig. Nicht, dass er sich beklagen wollte; sie schlossen ihn ja nicht aus, nicht direkt. Tanja und Max saßen in der Küche, und er konnte sich jederzeit dazusetzen. Das tat er ja auch manchmal. Aber was bekam er dann zu hören? Irgendwas von einer Kücheneckbank mit Stauraum, bunten Plastikbezügen und einem Brett, das unten immer herausgefallen sei. Immer wieder habe Max' Vater versucht, dieses Brett am Rausfallen zu hindern. Aber die Schrauben hätten in der billigen Spanplatte einfach nicht gehalten, jedenfalls nicht dauerhaft, weshalb die Eckbank ihren Inhalt in regelmäßigen Abständen auf den Küchenboden erbrochen habe. Anders als Tanja, die begeistert »Genau, so eine hatten wir auch!« rief, fand Harry, vielleicht weil er in einem Haushalt mit solidem Mobiliar aufgewachsen war, labile Eckbänke nicht sehr interessant. Ziemlich gleichgültig waren ihm auch die Ferkeleien, die sich seinerzeit im Hühnerstall von Tanjas Großeltern zugetragen hatten. Natürlich musste man den schottischen Whisky in Rechnung stellen, den Tanja mitgebracht hatte, aber wenn Harry sich nicht täuschte, dann waren in seiner und Max' gemeinsamen Wohnung auch unter Alkoholeinfluss schon anspruchsvollere Themen erörtert worden. Der dicke Arsch von Tante Sophie? Der mochte Klein Mäxchen fasziniert haben; Harry faszinierte er nicht. Nein, da zog er sich lieber in sein Zimmer zurück, übte Lieblichkeit vor dem Spiegel, den er eigens zu diesem Zweck auf den Schreibtisch gestellt hatte, oder er dachte über den Magnetismus der Masse nach. Aber auch dann hörte er noch das Gelächter in der Küche und manchmal verstand er auch, was dort geredet wurde. Er lächelte lieblich und hörte, Tanjas erster Sexualpartner sei das Massagegerät ihrer um Faltenlosigkeit bemühten Mutter gewesen. Das war sehr lustig, also wurde gelacht. »Kenn ich«, sagte Max und flüsterte etwas. Harry verstand ihn nicht, wollte ihn auch gar nicht verstehen, sondern überlegte: Masse ... Massage ... Massierung. Sich massieren. Ja genau, im doppelten Sinne.

»... na ja, per Nachnahme.« Max sprach jetzt wieder mit normaler Lautstärke. »Das war eine Anzeige in einer Illustrierten mit so einem Coupon zum Ausschneiden. Das Ding war ganz schön teuer bei dem bisschen Taschengeld. An sich war es ja für die Backen gedacht. Ich meine, ich wollte die damit wegmassieren.«

»Im Ernst? Och, wie süß.«

»Das ging natürlich nicht. Aber dann habe ich gemerkt, was man damit sonst noch so machen kann. Wenn der blöde Apparat bloß nicht so gebrummt hätte.«

Harry kräuselte die Lippen. Er dachte nach. Lieblichkeit ... massieren ... den Lauten machen? Gab es da nicht einen Zusammenhang?

*

Nach Zusammenhängen forschte auch Kommissaranwärter Kämmerlein und das nicht ohne Erfolg. Die fortgesetzte Observationstätigkeit bestätigte seine Vermutungen. Die Treffen an der Baustelle wiederholten sich, nahmen immer den gleichen Verlauf und waren demnach keinesfalls rein zufälliger Natur. Jedes Mal, wenn die Verdächtigen das Haus verließen, um an der Baustelle scheinbar ganz harmlos zu plaudern, öffnete sich auch die Tür der sonderbaren Baubude und es erschien jener extravagante Mitarbeiter von »Hoch und Tief – Bauen für die Umwelt« auf der Bildfläche, der bei dieser Firma, wie Kämmerlein in Erfahrung gebracht hatte, die ebenso dubiose wie hoch dotierte Stellung eines Kreativmanagers bekleidete. Aber Kämmerlein beobachtete noch mehr. Als er sich in Erfüllung seines dienstlichen Auftrags unmittelbar an der Wohnungstür der Verdächtigen aufhielt, wurde er Zeuge eines Wortwechsels, in dessen Verlauf einer der beiden männlichen Hauptverdächtigen sich in einem recht besorgten Ton vor der mutmaßlichen Tanja Wiedemann darüber ausließ, dass der andere Hauptverdächtige sich stundenlang im Spiegel betrachte und dabei die blödsinnigsten Grimassen schneide.

»Oijoijoi«, dachte Kämmerlein, denn er hatte einen Leistungskurs in Psychologie absolviert und wusste, was solches Verhalten bedeuten konnte. Möglicherweise lag hier ein Fall von nervlicher Zerrüttung vor. Deutete dies auf eine Krise des in Vorbereitung befindlichen Unternehmens hin?

»Das wird schon wieder. Kein Grund zur Aufregung«, sagte die Frau.

»Ja, ja, die Weiber, die haben die besseren Nerven«, dachte Kämmerlein noch, bevor ihn ein anderes Geräusch aufhorchen ließ. Von der Straße her schallte eine Art Gesang zu ihm hinauf. Obgleich der Herbst gerade erst begonnen hatte, meinte Kämmerlein deutlich die Melodie eines Weihnachtsliedes zu erkennen. Ja tatsächlich, da sang jemand ein Weihnachtslied. Aber was für eine grässlich krächzende Stimme das war!

Offenbar stand der Sänger jetzt direkt vor dem Haus. Vorsichtshalber schlich Kämmerlein eine Etage höher. Er hielt den Atem an und – hörte noch ein Geräusch.

Hinter einer der Wohnungstüren wimmerte jemand leise vor sich hin. »Mädchen, ich warne dich«, sagte eine kehlige Frauenstimme, »ich warne dich zum letzten Mal – lass die Finger davon.« Ihr antwortete ein Schluchzen. Die Frau wurde ärgerlich. »Wenn du dich partout kaputtmachen willst – bitte, mach nur so weiter, schluck das verdammten Teufelszeug, stopf dir die Pillen von mir aus kiloweise rein, aber dann pass auf, dass du keinen

Schock kriegst, wenn du in den Spiegel guckst, siehst doch jetzt schon aus wie ein …« Die Frau unterbrach sich. »Herrgott noch mal!« Ein Fenster wurde aufgerissen. »Frankenstein, du Arschloch …« Der Sänger verstummte. »… halt endlich dein Maul oder ich komm dir da runter!« Das Fenster wurde zugeknallt. Der Gesang fing wieder an. Schritte.

Die würde doch nicht etwa!

Kämmerlein schlich die Treppe hinunter. Als er aus dem Haus trat, sah er einen Einbeinigen, wie er, seinen Leib behänd zwischen seinen Krücken schwingend, die Straße hinunterhechtete. Der Mann schien sich die Seele aus dem Leib zu schreien. Verwirrt starrte Kämmerlein ihm nach und hatte plötzlich das Gefühl, nicht allein zu sein. Es roch nach Alkohol. Er fuhr herum. Hinter ihm stand eine Frau. Die Frau hatte getrunken.

»Guten Tag, ich, ich komme vom Ordnungsamt«, stammelte Kämmerlein.

»Ja, das wurde auch mal Zeit!«, krähte Juliane Alsbeck. Schon zigmal habe sie beim Amt angerufen und sich über die katastrophalen Zustände in der Straße beschwert. Das Haus zum Beispiel, aus dem er gerade gekommen sei – ob er sich auch den Hof angesehen habe. »Ich sage Ihnen, da wimmelt es von Ratten. Eine Sauerei sondergleichen ist das. Die schmeißen einfach ihren ganzen Müll dahin und lassen ihn vergammeln. Sogar Lebensmittel! Menschenskind, das zieht doch Ungeziefer an, und dann begucken Sie sich mal den Bürgersteig. Wie das hier aussieht! Und diese Bruchbuden und das ganze asoziale Gesocks, das hier rumläuft, ach, Sie haben ja keine Ahnung, was hier los ist.«

»Ja, ja«, sagte Kämmerlein, »ich meine – doch, doch … also, wissen Sie … »

»Ich könnte Ihnen was erzählen!«

Sicher, ganz bestimmt, das glaube er auch, sagte Kämmerlein und hörte im Hausflur jemand die Treppe hinunterkommen. Er blickte nervös zur Uhr. Er müsse jetzt leider, höchste Zeit, kom-me aber die Tage garantiert … doch, doch … würde dann alle Beschwerden … ja, alle Beschwerden … garantiert … würde er aufnehmen und … doch, da könne sie sich drauf verlassen … aber selbstverständlich … doch … wirklich … und … aber ja.

9
Bin ich zügellos?

Für die Jahreszeit war es entschieden zu warm. Das sei der Dings – der Treibhauseffekt, hieß es. Die Leute standen in Gruppen an den Hauseingängen oder lagen in den Fenstern und genossen den November, der ein Juni zu werden versprach. Die Hacken geschultert, kehrten türkische Matronen heim von der Gartenarbeit. Die Gärten hatten sie der Wildnis zwischen der Katinka und dem toten Bahnhof abgerungen. Ihre Männer strichen sich über die Schnauzbärte und spielten mit ihren Gebetskettchen. Am Kiosk wurde über die Frage debattiert, ob Leichenwaschen tatsächlich so gut bezahlt würde, wie einer der Anwesenden behauptet hatte, und Juliane Alsbeck bereitete ihren Vorgarten schon auf den Winter vor.

»Die Leute denken wahrscheinlich, dass ich scharf auf den Türken bin«, dachte Tanja und wusste: Die Leute hätten recht, wenn sie das dachten. Mehr als einmal war sie bei ihren Besuchen in der Katinka am Bauzaun stehen geblieben in der Erwartung, die Tür von Hassans Container würde sich öffnen und der Mann, den sie in ihrer Fantasie Aladin nannte, dieses Bild von einem Mann, würde heraustreten. So war es auch oft geschehen, nur waren dann jedes Mal Max und Harry in ihrer Begleitung gewesen. Das hatte Tanja zwar nicht daran gehindert, ihren Blick auf den schönen Mann zu richten, diesen aber offenbar an einer Erwiderung. Er schien Max und Harry nicht für eine einzige Sekunde aus den Augen zu lassen und Tanja ahnte, warum: Eine Frau in Männerbegleitung war für so einen Türken ja wahrscheinlich tabu.

Aber heute war Tanja nicht in Männerbegleitung, und sie trug den hautengen Ledermini, und die Tür hatte sich geöffnet. Ein schneller Blick – dann war Hassan hinter den Container gegangen und Tanja, wie von unsichtbarer Hand geführt, war ihm am Bauzaun entlang bis an die Stelle gefolgt, die der Rückseite des Containers am nächsten lag. Dort war sie stehen geblieben und hatte, als sei überhaupt nichts dabei, Hassan beim Pinkeln zugesehen. Dem schien das nicht unangenehm gewesen zu sein. Er hatte sich beim Abtropfen sogar noch extra zu ihr hingedreht und ihr vielsagendes Lächeln erwidert.

Die ganze Zeit über hatte Tanja den anderen Leuten auf der Straße keine Beachtung geschenkt. Doch jetzt war Hassan in seinen Container zurückgekehrt und sie war aus ihrer Trance erwacht. Vor dem Haus Nummer 34 stand die dicke Frau, die Tanja gleich bei ihrem ersten Besuch in der Katinka kennengelernt hatte. Die Frau redete auf eine andere ein, die Tanja ebenfalls schon einmal über den Weg gelaufen war. Die junge, anscheinend magersüchtige Frau mit dem etwas übertriebenen Smokey-Eyes-Look war ihr schon ein paarmal im Hausflur begegnet. Sie war jedes Mal an ihr vorbeigehuscht wie ein scheues Reh.

»Kann mir schon denken, worüber die Weiber sich das Maul zerreißen«, dachte Tanja. Sie legte den Kopf in den Nacken, schob die Unterlippe vor und marschierte auf die beiden zu. Die Frauen verstummten. Tanja grüßte betont freundlich und verschwand erhobenen Hauptes im Treppenhaus.

Die Frauen nahmen ihr Gespräch wieder auf.

»So, wie die aussieht, kann die jeden haben«, sagte Hannelore Stragierowitz und wunderte sich umso mehr über Tanjas Benehmen. »Sich derart einem Türken an den Hals zu werfen!«, empörte sie sich.

Marlies widersprach ihr nicht, denn sie wusste, Hannelore Stragierowitz hatte ein großes Herz, aber für Ausländer, besonders Türken, war darin kein Platz.

»So schön ist die doch gar nicht«, gab Juliane Alsbeck, die an die beiden herangetreten war, zu bedenken.

»Mit dem Äschken kann die jeden haben.« Hannelore Stragierowitz wusste, wovon sie sprach. Als junge Frau hatte sie genau das besessen, was die Männer ein »knackiges Äschken« nannten. So richtig auseinandergegangen war sie erst, seitdem sie »ihn« hatte – ihn, der treu wie ein Kind, aber kein Mann war und Stragierowitz hieß.

»Die Figur ist nicht alles«, beharrte Juliane Alsbeck auf ihrem Widerspruch.

»Nicht alles, aber entscheidend«, erwiderte die Stragierowitz und schien der Diskussion langsam überdrüssig zu werden.

Juliane Alsbeck störte das nicht. »Wenn die so schön wäre, hätte sie sich bestimmt nicht mit den beiden Spinnern aus der Vierunddreißig eingelassen.«

»Ach Frau Alsbeck, jetzt seien Sie doch mal ehrlich«, sagte Hannelore Stragierowitz, die mit dem Du sonst immer recht großzügig war, bei der Nachbarin aber eine Ausnahme machte, »seien Sie mal ehrlich: Von der Bettkante stoßen würden Sie die Jungs doch auch nicht.« Dabei lachte sie auf eine Weise, die Juliane Alsbeck ein weiteres Mal bewies, dass auch diese Frau eigentlich kein angemessener Umgang für sie war. Juliane Alsbeck ging.

»Die wollte den Türken bestimmt nur ein bisschen verarschen«, rief ihr die Stragierowitz nach und fügte leise hinzu: »Aber das kann verdammt fies ins Auge gehen.«

Marlies nickte.

*

Beinah hätte auch Max genickt, doch dann verzog er die Geste, sodass ein Fragezeichen daraus wurde. »Max, bin ich zügellos?«, hatte ihn Tanja gefragt, und er hatte zurückgefragt: »Zügellos?«

»Oder schamlos.«

»Schamlos?«

»Ich meine triebhaft.«

»Triebhaft?«

»Pass auf!« Tanja raffte sich aus dem Sessel zusammen, in den sie soeben gesunken war, und erzählte, was sie an der Baustelle erlebt hatte. Sie beschrieb ihm die Episode mit einer Liebe zum Detail, die ihm das Gesicht steif werden ließ. »Und dann hat er mir seinen Dödel hingehalten und gegrinst und ich habe ihn angekuckt, als wäre gar nichts dabei, und gelächelt.« Sie setzte ihren Sternchenblick auf. »So!« Dann schlug sie die Augen nieder und präzisierte ihre Frage. »Bin ich schlecht?«

»Ehm, na ja«, begann Max, als hätte die Unterweisung in trockenem Humor niemals stattgefunden. »Na ja, was heißt schlecht? Das klingt so sehr moralisch. Also ... ich meine, wenn ich dich so ansehe, dann sehe ich keine gute oder schlechte Frau, sondern eine, die auf ziemlich großen Füßen steht und deshalb nicht so schnell umfällt ...«

»Stimmt, Schuhgröße vierzig«, warf Tanja ein.

»Ja«, fuhr Max fort, »und weil du so eine gute Bodenhaftung hast, kannst du dir auch mehr rausnehmen als andere, und das tust du eben. Also ... die Frau, die ich vor mir sehe, ist nicht gut oder schlecht, sondern ...« Auf der Zunge lag ihm »schön«, aber dann sagte er »stark«, denn stark war Tanja ja auch. »Schau dir nur mal deine Hände an.«

»Ja, ja, das sind ziemliche Pranken«, gab Tanja zu und hielt sie ihm hin.

Gerührt betrachtete Max Tanjas Hände. Das waren Hände! »Jedenfalls vertragen die allerhand Hitze«, sagte er, denn er hatte ihr kürzlich beim Spülen geholfen und gesehen, wie sie ungerührt in das siedend heiße Wasser gefasst hatte, an dem er sich kurz zuvor die Fingerspitzen verbrannt hatte.

»Du bist energisch und stark.«

»Ach du liebe Güte! Was hast du denn für ein Bild von mir? Die Emanzen werfen mir immer vor, ich sei so weibchenhaft.«

»Ja, da ist was dran«, überlegte Max. »Weibchenhaft bist du auch. Aber du bist es auf eine starke Art. Außerdem – was hast du denn schon Schlimmes verbrochen? Dir hat einer seinen Schwanz hingehalten. Okay. Andere hätten wahrscheinlich ein Riesengezeter gemacht und wären zur Polizei gelaufen. Oder sie wären wer weiß wie geschockt gewesen und geflüchtet. Aber du – du hast dich vor ihn hingestellt auf deine großen Füße, hast den Kopf zurückgelegt und hast ihn angelächelt.« Max legte den Kopf in den Nacken, lächelte. »Damit hast du ihm zu verstehen gegeben: ‚Ach, du armes Bürschchen. Du glaubst wohl, ich hätte noch nie einen Schwanz gesehen. Wenn du mich anmachen willst, mein Junge, dann musst du schon ein bisschen mehr bieten.‘ Das ist doch stark.« Max gab die überlegene Pose wieder auf, Kopf und Schultern sanken in ihre Normalstellung zurück.

Tanja schüttelte den Kopf. »Aber das ist es doch. Nein, du verstehst mich immer noch nicht. Es hat mich ja angemacht.«

»Es hat dich angemacht!«

»Aha! Jetzt denkst du also auch, dass ich schlecht bin und zügellos. Genauso wie Vogel. Ich sei zügellos, ich würde keine Grenzen kennen …«

»Aber wieso denn?« Die schlecht verschmerzte Missbilligung noch im Gesicht, stritt Max alles ab. Wie konnte sie ihn nur mit Vogel auf eine Stufe stellen! Bei ihm war doch alles ganz anders, irgendwie. Da war doch so eine Nähe zwischen ihnen – eine Nähe, wie Tanja sie noch bei keinem anderen Mann gefunden hatte. War er nicht der Einzige, von dem Tanja ohne Wenn und Aber akzeptiert wurde? Doch, doch, der war er, der war er ganz bestimmt, auch wenn Tanjas Geständnis ihn im ersten Moment zugegebenermaßen ein wenig unvorbereitet oder vielmehr schlecht vorbereitet erwischt hatte. Gestern, vorgestern – kein Problem. Aber gerade heute war er mit dem falschen Fuß aufgestanden und auf ihm stehen geblieben. Gleich nach dem Aufwachen war ihm nämlich die Frage in den Sinn gekommen, warum Tanja zwar gelegentlich bei, aber noch nie mit ihm geschlafen habe. Die Frage hatte ihn nicht mehr losgelassen und war ja auch in der Tat sehr interessant. Er war dem Faden des nächtlichen Dilemmas bis zum Ausgangspunkt gefolgt und dort auf ein fatales Missverständnis gestoßen. Oder war es doch kein Missverständnis gewesen? Jedenfalls hatte Tanja damals reichlich getrunken und zur vorgerückten Stunde erst ihn, dann Harry angeblickt und gefragt: »Na, in welchem Bett krieg ich denn Asyl?« Harry hatte auf die Matratzenlosigkeit seines Nachtlagers aufmerksam gemacht, und Tanja hatte, gewiss nicht nur der Matratze wegen, sich für die Matratze entschieden. Als sie zu ihm unter die Bettdecke geschlüpft war, hatte sie ihn keck auf die Nase geküsst. Der Nasenkuss hatte ihn in einem kindlichen Reflex »Gute Nacht, schlaf schön« sagen und das Licht ausknipsen lassen. Anscheinend hatte er Tanja damit überrascht, vielleicht sogar gekränkt. »Oho!«, hatte sie gesagt. Dann hatte sie sich zur Seite gedreht und war eingeschlafen. Er hatte steif wie ein Brett neben ihr gelegen und geschwitzt. Dabei war es geblieben. Immer wenn Tanja sich seither zu ihm ins Bett legte, küsste sie ihn auf die Nase, sagte »Gute Nacht, schlaf schön«, löschte das Licht, drehte sich zur Seite und schlief. Infolgedessen hatte Max ziemlich wenig geschlafen in letzter Zeit. Aber davon sprach er jetzt nicht. Er sagte: »Du bist nicht schlechter als andere. Jeder hat doch seine heimlichen Wünsche. Und weil du stark bist, erfüllst du dir deine Wünsche eben. Unerfüllte

Wünsche machen Magengeschwüre. Was soll's!«

»Gallensteine habe ich auch«, gab Tanja zu bedenken, aber Max überhörte den Einwand.

»Wenn du mit einem schlafen willst, dann schläfst du mit dem.«

»Moment mal, langsam, ich habe doch nicht mit dem …«

»Aber du wirst.«

»Also ich weiß nicht, ich habe doch nur …«

»Du hast ihm angeboten, mit dir zu schlafen. Für einen Türken war das ein eindeutiges Angebot. Und wenn du Lust hast, mit ihm … also ich meine, ich wüsste nicht, was dich daran hindern sollte. Oder fürchtest du, dir einen Korb zu holen? Da kann ich dich beruhigen. Die Gelegenheit lässt sich der Türke garantiert nicht entgehen.«

»Nein, ich finde, jetzt gehst du wirklich zu weit.«

»Menschenskind, Tanja, das ist doch nicht als Vorwurf gemeint, nicht die Spur. Ganz einfach: Du hast den ersten Schritt getan …«

»Um mit ihm zu vögeln?«

»Hast du nicht selbst gesagt, dass es dich angemacht hat?«

»Ich meinte, seine Anmache …«

»Tanja, pass auf, du brauchst dich vor mir wirklich nicht zu rechtfertigen. Ich werde dich schon nicht verurteilen, bloß weil du Lust hast, in einer Baubude mit einem Gastarbeiter zu vögeln. Die Vorstellung hat was.«

»Sicher, die Vorstellung hat ihren Reiz.«

»Eben, ich kann das nachempfinden.«

»Du kannst das nachempfinden?«

»Natürlich nicht mit einem Bauarbeiter. Aber solche außergewöhnlichen Situationen haben was. Bei mir wäre das dann vielleicht …«

»Mit einer Nonne im Beichtstuhl?«

»Ehm, na ja, so in der Art.«

»Da schau her!«, rief Tanja. »Unser Mäxchen ist also auch ein kleines Ferkelchen.« Sie sprang auf und küsste ihn auf die Nase. Sie ging ans Fenster, schaute hinüber zur Baustelle, Hassan war nirgendwo zu sehen. »Mann, bin ich rattig!«, stieß sie plötzlich hervor.

Max stockte der Atem.

»So was von rattig«, wiederholte Tanja. »Meinst Du, der Türke ist da jetzt noch drin?«

»Wo?«

»Na, in seiner Bude.«

»Ach was, die haben längst Feierabend gemacht.«

»Trotzdem. Ich habe das Gefühl, der ist da noch drin.«

10
Sie will ja nichts gesagt haben …

»Na Meister?«

Die Begrüßung hörte sich vielversprechend jovial an. Kämmerlein war angenehm überrascht. Vielleicht war der Mann heute redseliger als bei ihrer ersten Begegnung, die nicht sehr günstig verlaufen war und die, das hatte Kämmerlein inzwischen erkannt, auch gar nicht hatte günstiger verlaufen können – so überstürzt und amateurhaft, wie er an die Sache herangegangen war. Aber diesmal hatte er sich alles genau zurechtgelegt, besonders den Einstieg hatte er sich gut überlegt, und darum sagte er jetzt: »Ich hab ja an sich nichts gegen Ausländer, aber der Türke macht sich ganz schön breit hier in der Gegend – was?« Er sagte das ein bisschen unsicher, denn er hatte die Entscheidung für die schwächere Version nur halbherzig getroffen. Vielleicht wäre »Die sind ja die reinste Landplage, die Kanaken!« doch besser gewesen. Jedenfalls trat eine ungute Stille zwischen ihnen ein, und Kämmerleins einvernehmliches Grinsen hing in seiner Einseitigkeit ziemlich haltlos in der Luft.

Erwin Stragierowitz ergriff den Knopf an der Trennscheibe. »Egal, ob Sie Deutschen oder Ausländern nachspionieren«, sagte er, »ich kann Spitzel nicht ausstehen.« Die Kiosklade knallte zu und Erwin Stragierowitz verschwand im Hinterzimmer.

Kämmerleins Grinsen hielt sich noch einen Moment lang wie eingefroren und stürzte dann ab. »A-aber …«, stotterte er und klopfte gegen die Scheibe. Erwin Stragierowitz blieb, wo er war. Betäubt von der unerwarteten Abfuhr glotzte Kämmerlein auf die Süßigkeiten hinter dem Schaufenster: Haribo-Konfekt, Lakritz, Flutschfinger … Plötzlich schärfte sich sein Blick wieder und er bemerkte das Spiegelbild einer Frau, die leise neben ihn getreten war.

»Man muss klopfen«, sagte die Frau. Sie klopfte an die Scheibe. Als sich nichts tat, klopfte sie fester.

Im Hinterzimmer ertönte ein Fluch, dann ein Getöse, dann wurde die Lade aufgerissen und Erwin Stragierowitz reckte seinen krebsroten Kopf heraus. »Jetzt hör mir mal zu, Meister«, schnauzte er, hielt aber inne, als er der Frau gewahr wurde. Er mäßigte seinen Ton. »Ach du, Marlies. Hast du geklopft?«

Da es sich so verhielt, bediente er sie. Währenddessen ließ er Kämmerlein, der sich an den unvorschriftsmäßig angebrachten Stahlträgern zu schaffen machte, aber keinen Moment aus den Augen. »Irgendwas nicht in Ordnung?«, giftete er.

Doch Kämmerlein wusste gar nichts von dem prüfenden Blick, mit dem er das Vordach begutachtet hatte, das dem Kiosk illegalerweise den Charakter einer Stehkneipe verlieh.

»Wie … was?«

Kämmerlein interessierte sich augenblicklich weder für die Stahlträger noch für das Vordach, der ganze Stragierowitz'sche Kiosk war ihm von Herzen gleichgültig.

»Nein, nein … ich meine … ja, ja. Es ist alles in Ordnung«, sagte er und wechselte mit der Frau einen zaghaften Blick. Die hatte so dunkle, tief liegende Augen. »Alles in Ordnung«, wiederholte er und trollte sich.

Er hatte Mühe, seinen Wagen wiederzufinden. Fast hätte er den Schlüssel abgebrochen bei dem Versuch, ein wildfremdes Auto zu öffnen. Er stocherte noch mit dem Schlüssel, da fiel sein

Blick auf den Beifahrersitz. Hatte er nicht das Notizbuch dort liegen lassen, wo jetzt – ach du Scheiße! Er hatte seinen blauen Fiesta mit einem blauen Lancia verwechselt, ausgerechnet mit einem Lancia. Er schaute sich um. Nein, es schien ihn niemand beobachtet zu haben. Der Blick auf den Kiosk war durch einen Lieferwagen verstellt. Der Blick auf den Fiesta auch. Der stand nämlich direkt vor dem Lieferwagen und war vom Kiosk aus gut einsehbar. Als Kämmerlein ihn endlich entdeckt hatte, war die Frau mit den dunklen Augen verschwunden. Statt ihrer hielten sich jetzt ein Junge und ein Mädchen am Kiosk auf. Das Mädchen hob den Arm in seine Richtung. Sie wies mit dem Finger auf ihn. Der Junge richtete ein unsichtbares Schnellfeuergewehr auf ihn und nahm ihn unter Beschuss. Kämmerlein bewies Haltung, stieg in den Wagen ohne erkennbare Eile. Er widerstand auch dem Wunsch nach Türverriegelung, saß einfach nur da wie betäubt und stierte auf die zerbeulte Rückseite des Lieferwagens. Jemand hatte sich die Finger schmutzig gemacht und »Türkensau« auf das verdreckte Blech geschrieben. »Na bitte«, hätte Kämmerlein denken können, aber das dachte er nicht.

Wie die ihn angekuckt hatte mit ihren dunklen Augen … so … nur ganz kurz … aber doch irgendwie so – Ach Quatsch! Kämmerlein rief sich zur Ordnung. Er nahm das Notizbuch, zückte einen Kugelschreiber und schrieb »A. v.« hinter Stragierowitz. A. v. hieß: Aussage verweigert. Das traf den Sachverhalt nicht genau, aber er wusste ja, wie es gemeint war. Der Kugelschreiber rutschte eine Spalte tiefer. Richtig. Kämmerleins Blick wanderte zu dem Alsbeck'schen Eigenheim. Dort waren noch mehr Kinder. Kämmerlein wartete, bis die Kinder, die offenbar Schellemännchen spielten, weggerannt waren. Die Haustür blieb geschlossen. »Scheint nicht da zu sein«, dachte er und beschloss, die Vernehmung von Juliane Alsbeck, Hauseigentümerin, sofort in Angriff zu nehmen. Er hatte es dann immerhin versucht. Das waren so seine kleinen Tricks, die ihm halfen, Pflicht und Neigung unter einen Hut zu bringen.

*

Juliane Alsbeck saß in ihrem Wohnzimmer und sah die Kontoauszüge durch. Den Sessel hatte sie ganz nah an die gläserne Tischplatte herangezogen. Auf dem Tisch lagen zwei geöffnete Aktenordner und ein Schreibblock. Sie schrieb die festen Ausgabeposten einschließlich Ratenzahlungen akkurat in einer Kolonne untereinander. Neben die Kolonne zog sie mit einem Lineal einen sorgfältigen Strich – ferner Widerhall jener längst vergangenen Zeit, da sie halbtags im Sekretariat des städtischen Reuter-Gymnasium gearbeitet hatte, also quasi Direktionssekretärin gewesen war.

Sie begann mit ihren Eintragungen. Neben den Aktenordnern stand ein Frühstücksbrettchen mit einem Käsebrot, das sie mit Tomatenscheiben und Zwiebel garniert und in mundgerechte Stücke zerlegt hatte. Manchmal nahm sie einen Happen und führte ihn, ohne ihre Arbeit zu unterbrechen, zum Mund. Mit spitzen Lippen leckte sie danach jedes Mal die gespreizten Finger ab.

Plötzlich hob sie den Kopf und lauschte. Das Kindergeschrei vor dem Haus war verstummt. Da! – Es schellte an der Tür. Juliane Alsbeck blieb regungslos sitzen und lauschte weiter. Sie hörte das Getrappel wegrennender Kinderfüße.

»Drecksbande!«, schimpfte sie und beugte sich wieder über die Aufzeichnungen. Sie war mit ihrer Arbeit und dem Käsebrot fast fertig, als es abermals an der Tür schellte. Dieses Mal stand sie sofort auf und ging zu dem Fenster, von wo aus man die Stelle vor der Haustür einsehen konnte. Draußen stand Kämmerlein.

Juliane Alsbeck kam in Bewegung. Sie hastete zum Tisch,

packte die Akten und den Schreibblock zusammen, verstaute alles in einem Schränkchen; sie lief zum Spiegel, stupste die Haare zurecht, da fiel ihr das Brettchen mit dem Käsebrot ein. Ach du liebe Güte! Sie rief: »Ein Momentchen bitte!«, holte das Brettchen, rannte damit in die Küche, kam zurück in die Diele, strich sich das Kleid glatt und öffnete.

»Guten Tag, Herr Kommissar, treten Sie doch ein«, sagte sie, denn sie hatte längst in Erfahrung gebracht, für welche Behörde Kämmerlein in Wahrheit tätig war.

Kämmerlein war sichtlich verblüfft. Er murmelte etwas von Amtshilfe für die Kollegen vom Ordnungsamt und brauchte einige unhöfliche Sekunden zu lange, bis er die Hand registrierte, die ihm Juliane Alsbeck entgegenstreckte. Endlich ergriff er ihre Hand und schüttelte sie. Immer noch ein wenig derangiert, ließ er sich ins Wohnzimmer führen und begann, nachdem er sich auf den von Juliane Alsbeck angewiesenen Platz gesetzt hatte, mit der Vernehmung, so gut es ging.

Es ging gut. Juliane Alsbeck gab bereitwillig Auskunft. Mit der Straße sei es wirklich schlimm bergab gegangen in den letzten Jahren. Zweimal pro Woche überlege sie, von hier wegzuziehen, und hätte das auch längst getan, wäre da nicht das Eigentum, das ihr wie ein Klotz am Bein hinge. Aber leicht sei es nicht, hier zu leben unter all diesen Leuten, das dürfe er ihr glauben. Leicht sei es wirklich nicht, gerade für eine Frau, sofern sie etwas auf sich halte. Für Schlampen, ja für Schlampen sei die Katinka heute gerade recht. »Und Schlampen gibt's hier, ich sag' Ihnen! Die drüben unter dem Dach zum Beispiel mit ihren drei Bälgern. Die sagen alle zu einem anderen Papa – würden sie sagen, wenn sich die Herren Erzeuger nicht allesamt aus dem Staube gemacht hätten. Die wussten schon, warum. Die Blagen wären doch längst im Heim, würde sich die Stragierowitz nicht um alles kümmern. Aber verlorene Liebesmüh. Na ja – die Stragierowitz selbst ist ja auch nicht gerade vom Feinsten.«

Kämmerlein wechselte das Thema. Er erwähnte eine junge Frau mit einem blauen Lancia und bezweifelte, dass die Bezeichnung »Schlampe« auf diese Frau zuträfe.

»Ha«, triumphierte Juliane Alsbeck, »gerade die!«

Sicher, sauber scheine sie ja zu sein – äußerlich. Und teure Kleider trage sie auch. Aber davon dürfe man sich nicht täuschen lassen. Das sei nämlich alles nur Fassade. »Was meinen Sie wohl, warum die sich ihr schickes, kleines Auto leisten kann?«

Kämmerlein rutschte auf die Sofakante und ließ sich berichten, was Juliane Alsbeck unlängst, als sie gerade im Garten beschäftigt war, gesehen hatte. Wie dieses verkommene Ding sich aufgeführt und den Türken scharfgemacht habe! Wie aufreizend sie an der Baustelle entlangstolziert sei! Wie sie ihren Po geschwungen habe! Wie unverschämt, ja obszön sie sich dann in Positur gestellt und dem Türken auf seinen Na-Sie-wissenschon geguckt habe, während der sein Geschäft verrichtet habe.

»Jawohl, Sie haben ganz richtig gehört: sein Geschäft!«

Ihre Erzählung hatte einige Unschärfen, entsprach im Ganzen jedoch weit mehr der Wahrheit, als Kämmerlein für wahrscheinlich hielt.

»Sie meinen …?«

»Tja«, nickte Juliane Alsbeck. »Wenn ich des Nachts den Gastarbeitern zu Diensten wäre, dann käme ich mit meinem Geld auch besser hin.«

Kämmerlein verschlug es den Atem angesichts dieser Möglichkeit, denn attraktiv war Juliane Alsbeck nicht. Eher im Gegenteil. Aber wenn sie auch keine Schönheit war, so war sie doch auf dem Posten, am Tag und manchmal auch in der Nacht.

Nicht, dass sie irgendjemandem nachspionieren wolle, aber die Katinka sei halt so eine Straße, da müsse man schon mal ein Auge darauf haben, was draußen geschah. Daher sei ihr auch nicht entgangen, dass in einer der Baubuden sogar nachts noch das Licht brannte, wenn kein Mensch mehr dort arbeitete. Und er solle mal bloß nicht glauben, sie habe nicht gesehen, wer da auf leisen Sohlen hinüberschleiche zu einer Zeit, da anständige Menschen längst in ihren Betten lägen.

»Soweit sie nicht hinter Gardinen stehen«, dachte Kämmerlein, schwieg aber und überlegte, was die nächtlichen Treffen zu bedeuten hatten. Die Bedeutung, die diese Frau Alsbeck ihren Beobachtungen gab, schien ihm reichlich kurzschlüssig zu sein und war ihm unangenehm auch in der Art, wie sie vorgebracht wurde. Dass Juliane Alsbeck ihm einen Drink aufnötigte und sich zu ihm auf die Couch setzte, war ihm unangenehm, und besonders unangenehm war ihm die Eindringlichkeit, mit der sie auf ihrer schlüpfrigen Interpretation bestand.

Wie sie auf diesem Punkt herumritt! Zum Teufel, er hatte einen Fall zu lösen, und was für einen. Weimar und Ott hatten eine Firmenliste erstellt, die sich sehen lassen konnte. Die Länge der Liste und das Renommee der aufgeführten Firmen ließen auf eine enorm große Sache schließen. Das war seine Karrierechance, die so bald nicht wiederkehren würde, und Kämmerlein dachte nicht daran, sie zu verspielen. Er betrachtete die Warze an Juliane Alsbecks Kinn und wurde sich der ganzen Komplexität seiner Aufgabe bewusst. Der Warze entsprossen drei ekelhaft lange Haare. Andererseits war diese Frau eine wichtige Informantin, und wenn er es recht bedachte, sogar seine wichtigste. Zwar wehte eine Art Gardinenschleier in all ihren Erzählungen, aber immerhin war sie auskunftsbereit, was man von den übrigen Anwohnern der Katinka nicht sagen konnte.

Freilich blieben die Alsbeck'schen Informationen wertlos, solange er sie nicht in eine überzeugende Theorie einordnen konnte. Was mochte die beiden Hauptverdächtigen zu ihren spektakulären Auftritten veranlasst haben? Vordergründig gesehen hatten diese ihnen doch nichts als Anzeigen und blaue

Flecken eingebracht. Und welche Rollen hatten der Ausländer und das Mädchen in diesem Spiel? Kämmerlein schwirrte der Kopf, und die Alsbeck'sche Warze näherte sich ihm bedrohlich. Er starrte auf die Warze, die Haare – dann hüstelte er und erhob sich, seufzend, als wäre er gern noch ein bisschen geblieben.

»Die Pflicht ruft«, sagte er und konnte nicht verhindern, dass Juliane Alsbeck gleichfalls aufsprang und seinen Arm ergriff.

»Wie schön ist es doch, wieder einmal mit einem zivilisierten Menschen zu sprechen«, flötete sie. »Sie ahnen ja nicht, wie ich das in dieser schrecklichen Gegend vermisse.«

Kämmerlein zeigte Verständnis, versprach, in Kürze wieder vorbeizuschauen, und versuchte, ihr unmerklich seinen Arm zu entwinden, was aber unmerklich nicht ging. Da er seine wichtigste Informantin nicht vergraulen wollte, verzichtete er auf weitere Befreiungsversuche und ließ seinen Arm in ihrer Gewalt.

»Dann müssen Sie aber viel mehr Zeit mitbringen als heute«, sagte Juliane Alsbeck mit einem wahrscheinlich betörend gemeinten Lächeln. Als er auch das versprochen hatte, gab sie ihn endlich frei.

*

Kämmerlein trat auf die Straße und atmete kräftig durch. Die frische Luft tat ihm gut. Er holte ein Taschentuch hervor und tupfte die Stirn trocken.

Ihm vis-à-vis hängte sich eine Frau aus dem Fenster und schrie, wahrscheinlich türkisch, wahrscheinlich nach einem Kind. Das Licht hinter ihr kam von einem Kronleuchter, wahrscheinlich aus falschem Kristall. Die Klunker zitterten im Durchzug des geöffneten Fensters. Ein Kind kam gelaufen, wurde zusammengeschrien, und dann hörte Kämmerlein den trockenen Knall einer platzenden Windschutzscheibe. Der

Kopf der Frau flog herum in die Richtung, in der Kämmerlein seinen Wagen wusste. Von einer bösen Ahnung getrieben, setzte er sich in Bewegung, fiel erst in einen leichten Trab und beschleunigte, wie er es im Polizeisportverein gelernt hatte, als er die wegrennenden Übeltäter erblickte. Er erwischte – Wunder sind selten – den Kleinsten. Dieser hatte – vielleicht geschehen zuweilen doch Wunder – ausgerechnet im Eingang jenes Hauses Zuflucht gesucht, in welchem Kämmerleins Hauptverdächtige wohnten. Kämmerlein bekam den kleinen Spitzbuben auf der Treppe zu packen und hätte ihm am liebsten eine gescheuert. Das hätte er als Privatmensch wohl auch getan. Als Polizist unterlag er aber gewissen Regeln, die solche Maßnahmen verboten. Darum nutzte er den Vorgang der Fluchtvereitlung zu einem nicht unbedingt sachnotwendigen Armverdrehen. Der Kleine stieß einen entsetzlichen Schrei aus und trat um sich wie eine Furie. Oben öffnete sich eine Tür. Mit Mühe gelang es Kämmerlein, seinen Gefangenen zu bändigen. Da traten aus dem Dunkel des Treppenhauses zwei rätselhafte Augen hervor, und Kämmerlein erkannte sie. Der Kleine nutzte seine Chance und entschlüpfte.

»Aber er hat doch die Scheibe demoliert«, stammelte der erschrockene Kommissaranwärter.

Marlies schwieg. Ihr Blick traf ihn mitten ins Herz.

11
Doppelt verschleift

Zwar wusste Hassan nicht so genau, was Tanja meinte, wenn sie die Nächte mit ihm eine »Erfahrung« nannte, doch gefiel ihm der Ton, in dem sie es sagte. Wie eine unerwartete Frucht war sie ihm in die Arme gefallen, und Hassan wusste solche Früchte zu schätzen. Wenn sie morgens gegangen war, streckte er sich auf seinem Lager aus, strich sich zärtlich über den verschwitzten Bauch und war mit sich und der Welt im Großen und Ganzen zufrieden. Seine Bilanz konnte sich sehen lassen. Der Vorarbeiter, der ihm noch vor gar nicht so langer Zeit das Leben zur Hölle gemacht hatte, war inzwischen zum Kanalbau versetzt, er selbst in den Rang eines Kreativmanagers erhoben worden. Er konnte tun und lassen, was er wollte, bezog ein beachtliches Gehalt, hatte in der Nacht eine heiße Frau und am Tag einen Chef, der ihn umwarb, wie es eines Königs würdig gewesen wäre. Und doch gab es eine kleine dunkle Wolke in diesem ansonsten so strahlenden Panorama. Hassans Andeutungen und mehr noch sein vielsagendes Schweigen, gepaart mit seinem überaus exaltierten Gebaren, hatten in dem Chef die Hoffnung auf einen Geniestreich geweckt, der alles Gehabte in den Schatten stellen würde, und diese Erwartung war mehr und mehr zum beherrschenden Zug in seinem Gesicht geworden.

Zwar drängte er Hassan nicht – noch nicht, aber über kurz oder lang würde Hassan den Beweis seiner überschießenden Kreativität wohl erbringen müssen, und er hatte keine Ahnung, wie er das anstellen sollte, es sei denn mit Max' und Harrys Hilfe.

Nun war zwischen ihm auf der einen Seite und Max und Harry auf der anderen dank Tanjas Erfahrungshunger zwar eine Brücke entstanden, aber diese hatte sich bisher noch nicht als so gangbar erwiesen, wie Hassan anfangs gehofft hatte. Jedes Mal, wenn er einen Fuß auf besagte Brücke setzte und hinüberzugehen sich anschickte, ging vor ihm ein verbaler Schlagbaum nieder, bestehend aus Tanjas eindringlicher Beteuerung, Max und Harry seien zwar zwei ganz Nette, ganz Liebe, aber keineswegs ihre Liebhaber.

Das Verhältnis sei rein platonisch, glaubte sie ihn beruhigen zu müssen, sobald er von den beiden anfing, denn sie hielt sein Interesse für ein Symptom dieser typisch südländischen Eifersucht. Das kannte man ja. Und man wusste ja auch, zu welchen verheerenden Gewalttaten diese Menschen in ihrem Zorn fähig waren. Einer von denen – war es nicht ein Marokkaner? – hatte seinen Nebenbuhler sogar mit einer elektrischen Säge niedergemacht. Ja, so was kam vor, und darum scheute sich Tanja auch nicht, Max' und Harrys geschlechtliche Befähigung kurzerhand in Abrede zu stellen, hingegen Hassans diesbezügliche Möglichkeiten in den höchsten Tönen zu loben.

Hassan hörte das nicht ungern, wenngleich es ihn keinen Schritt weiterbrachte auf dem Weg zu einer richtig guten Idee. Aber was nicht war, konnte ja noch werden. Hassan blieb vorläufig zuversichtlich, denn noch drängte ihn der Chef nicht. Zudem war die Gefahr, Max und Harry könnten in einer für Hassan ungünstigen Weise geschäftlich erfolgreich sein, nicht allzu groß, solange Harry seine Gesichtsmuskulatur auf eine Art zur Geltung brachte, die zartbesaiteten Gemütern das Gebiss klappern ließ.

*

Zartbesaitet war Diplom-Kaufmann Schwyzer nicht. Immerhin war er als leitender Mitarbeiter der Exo-Bank für den regionalen Vertrieb neuer und, wie man jetzt auch sagte, komplexer Finanzprodukte zuständig – eine Tätigkeit, die ein Mindestmaß an Herzenskälte zwingend zur Voraussetzung hatte. Trotzdem war ihm nach Zähneklappern zumute angesichts der beiden geheimnisvollen Besucher, die soeben in sein Büro eingedrungen waren und ein Benehmen an den Tag legten, dessentwegen sie Diplom-Kaufmann Schwyzer normalerweise sofort wieder vor die Tür gesetzt hätte. Aber waren die Umstände normal?

Der kleine Dicke war harmlos – ein Trampel. Aber der andere! Dieses widerwärtig vielsagende Grinsen die ganze Zeit. Man hätte meinen können, der habe einen neben sich laufen. Aber der hatte keinen neben sich laufen. Der wusste genau, was er wollte. Aber was wusste er überhaupt und woher? Die Sache war seinerzeit unter vier Augen klargemacht worden – nein falsch, unter sechs Augen. Neben Brinckmann wusste auch Vonderkoven darüber Bescheid. Brinckmann hatte darauf bestanden, ihn einzuweihen. Am liebsten hätte er auch noch Keller, Dohlen und die geschwätzige Auerbach mit reingezogen. Hätte er? Vielleicht hatte er ja. Woher sollte Diplom-Kaufmann Schwyzer wissen, dass Brinckmann dichtgehalten hatte? Oder Vonderkoven, dieser durchgeknallte Wichtigtuer, dem nichts Besseres einfällt, als sich sofort einen nagelneuen Jaguar vor die Tür zu stellen, vielleicht war Vonderkoven die Schwachstelle.

Die beiden Finsterlinge waren doch nicht einfach so zu ihm hereingeschneit. Die wussten doch was. Diplom-Kaufmann Schwyzer traten die Schweißperlen auf die Stirn und er begriff, wieso Erpressung Erpressung heißt. Wenn die wenigstens Klartext geredet hätten. Aber diese beschissenen Andeutungen die ganze Zeit und dieses irrsinnige Grinsen. Dagegen war Kinsky ein Waisenknabe. Womöglich zog Vonderkoven selbst die Fäden. Und Brinckmann? Vielleicht hatten sich die beiden abgesprochen. Das wäre ein sauberes Ding. Die hatten ihn doch voll in der Hand. Der Überweisungsträger war gut leserlich mit »Schwyzer« unterschrieben worden, und auch das abgehobene Geld hatte eindeutig ein Herr Schwyzer quittiert. Streng genommen hatte überhaupt niemand außer ihm Spuren hinterlassen. »Streng genommen bin ich denen ausgeliefert«, begriff Schwyzer. »Die hängen mir die Sache an und sind selbst fein aus dem Schneider. Brinckmann, das verlogene Schwein, würde sein unbestechliches Der-gestrenge-Herr-Revisor-Gesicht aufsetzen und sagen …«

»Hören Sie mal, Schwyzer«, sagte Harry. »Wissen Sie eigentlich, wer den bargeldlosen Zahlungsverkehr erfunden hat?«

Schwyzer erstarrte.

»Na, Sie jedenfalls nicht«, fuhr Harry fort. »Aber vielleicht wissen Sie ja, wer den doppelt verschleiften Zahlungsverkehr erfunden hat. Nein? Aber Sie ahnen es, nicht wahr?«

Oh, Schwyzer ahnte nicht nur, er wusste, was mit doppelt verschleiftem Zahlungsverkehr gemeint war, und er kannte auch den Erfinder. »Also wissen die alles«, dachte er und beschloss, sein Glück in der Offensive zu suchen.

»Für wen arbeiten Sie?«

Harry kräuselte die Lippen und lächelte lieblich. »Für Sie – wenn Sie vernünftig sind.«

Schwyzer sackte in sich zusammen. »Also los, lassen Sie die Katze endlich aus dem Sack!«

Harry tippte sich an die Stirn. »Die Ware ist hier, muss da aber nicht bleiben.« Er lächelte so lieblich er konnte. »Natürlich hat alles seinen Preis.«

»Nur der Tod ist umsonst«, witzelte Max.

Schwyzers Hirn arbeitete auf Hochtouren, Programm: Zeit gewinnen. Selbstverständlich, sagte er, könne man über alles reden, offen und ohne ein Blatt vor den Mund zu nehmen. Aber dann müsse er ihnen natürlich auch seinerseits reinen Wein einschenken und von Anfang an klarlegen, dass seine finanziellen Möglichkeiten durchaus begrenzt seien. Er habe, um es deutlicher zu sagen, im Unternehmen nur eine recht unbedeutende Position im mittleren Management inne und könne gewisse Vorgänge zwar beeinflussen, aber das koste, zumal bei größeren Beträgen, doch einige Zeit, nämlich mindestens zwei bis drei Wochen, vielleicht sogar länger. Schwyzer zog das gequälte Gesicht eines Bürokraten, der über die Mühlen der Bürokratie klagt, bat um Verständnis und hoffte, der Bogen werde die Spannung halten.

Der Bogen hielt. Die unheimlichen Besucher zogen sich tatsächlich zurück.

Kaum hatten Max und Harry das Zimmer geräumt, stand die geschwätzige Auerbach in der Tür. »Alles in Ordnung?«, fragte sie.

»Wie?«

»Mein Gott, ich habe schon überlegt, ob ich die Polizei anrufen soll.«

»Polizei? Warum?«

Die geschwätzige Auerbach wich zurück. »Ach, ich dachte schon, mit den beiden, äh, Herren sei etwas nicht in Ordnung.«

»Nicht in Ordnung? Was meinen Sie mit nicht in Ordnung?«

»Die wollten sich gar nicht anmelden lassen und …«

»Und?«

»Ach nein, nichts weiter«, sagte die geschwätzige Auerbach und schloss die Tür sehr leise.

»Die also auch«, dachte Schwyzer.

*

»Da überfällt einer eine Tankstelle mit einer Spielzeugpistole und drückt aus Versehen ab«, sagte Hauptkommissar Weimar und blickte kopfschüttelnd auf die Zeitung, die vor ihm auf dem Schreibtisch lag. »Wenn Sie das tröstet, Kämmerlein: Sie sind auf dieser Welt nicht der einzige Wirrkopf.« Weimar sah auf die Uhr. »Also los, Franz-Joseph, gehen wir die Fakten noch mal durch.« Ein kurzer, mürrischer Blick. »Sie, Kämmerlein, können jetzt gehen.«

Kämmerlein zog sich zurück in das Büro, das er unglückseligerweise mit Kommissar Ott teilen musste. Allerdings saß der jetzt drüben bei Weimar und würde dort hoffentlich auch noch eine Weile sitzen bleiben. Kämmerlein legte auf Otts Gesellschaft heute weniger Wert denn je.

Es dauerte keine zehn Minuten, dann wurde die Tür geöffnet und Ott schnaufte herein. Er setzte sich an seinen Schreibtisch, blieb dort aber nicht lange. Er schlurfte zur Kaffeemaschine, zurück zum Schreibtisch, wieder zur Kaffeemaschine, machte sich dann am Aktenschrank zu schaffen und sagte plötzlich, ganz beiläufig: »Was ist eigentlich los mit Ihnen?«

Kämmerlein fixierte die Schreibunterlage. Ein Gespräch unter vier Augen mit diesem Scheusal hatte ihm gerade noch gefehlt.

»Was soll sein? Alles in Ordnung.«

Ott trat hinter ihn.

Kämmerlein rührte sich nicht und starrte auf die Schreibunterlage. Er spürte Ott in seinem Rücken, und er hörte ihn auch. Immer, wenn dieser Mensch über etwas nachdachte, schnalzte und schmatzte er wie eine Kuh. Kämmerlein versuchte, ihn zu ignorieren, doch es half nichts – Otts Mundgeräusche ließen sich nicht ignorieren. Je angestrengter man sie zu überhören trachtete, umso lauter wurden sie. Zuletzt erfüllten sie den ganzen Raum. Kämmerlein hielt es nicht mehr aus. Er wollte aufstehen, aber da legte sich ihm eine fette Hand auf die Schulter und drückte ihn auf den Stuhl zurück.

»So, jetzt bleiben Sie mal brav sitzen und hören sich an, was ich Ihnen zu sagen habe«, grunzte Ott. Er kam um den Schreibtisch herum, zog einen Stuhl heran, setzte sich und reckte den Kopf vor wie eine Schildkröte. »Passen Sie mal auf. Ich bin ein altes Bullenschwein und halte nicht viel von dem Zeugs, das sie euch heutzutage auf der Polizeischule beibringen. Okay. Mein Fehler. Vielleicht bin ich zu blöd dafür. Aber jetzt pass auf! So ein altes Bullenschwein ist vielleicht nicht besonders intelligent, aber es hat eine Menge Erfahrung. Und eine von den Erfahrungen ist, dass man als Bulle in verdammt komische Situationen kommen kann. Plötzlich sitzt man in der Patsche und kommt da von alleine nicht mehr raus. Dann müssen einem die Kollegen helfen. Und – Erfahrung Numero zwo – die tun das auch. Aber nur sprechenden Leuten kann geholfen werden. Also mein Junge – raus mit der Sprache! Was ist los?«

»Was soll schon los sein«, sagte Kämmerlein. »Nichts ist los.«

Die Schildkröte zog sich in ihren Panzer zurück und stichelte. »Soso – nichts ist los. Da garniert dieser Mensch seine Ermittlungsberichte mit Sprüchen, die eines Poeten würdig wären, aber was soll schon los sein? Da schwafelt der von irgendwelchen Abgründen, aber es ist nichts los. Da lamentiert der über das schreiende Elend in der Welt wie ein Kommunist, aber sonst ist alles in Butter. Der schmeißt uns mit Ermittlungen zu, die nichts, aber auch nicht das Geringste mit unserem Fall zu tun haben.« Die Schildkröte kam wieder aus ihrem Gehäuse hervor. »Mein lieber Junge, wenn ich in meinen vierzig Dienstjahren überhaupt irgendwas gelernt habe, dann das: Es gibt Fälle, die gehen die Polizei was an, und es gibt Fälle, da ist die Caritas für zuständig.« Ja, so war er, dieser Ott - abwälzen und ignorieren, was sich nicht routinemäßig erledigen ließ. Wenn der schon mit seinen vierzig Dienstjahren anfing, vierzig Jahre, die ihn doch nur fett, feist und gefühllos gemacht hatten. Von so einem sollte er sich beraten lassen? Der Fettsack würde ja sowieso nichts verstehen. Und selbst wenn er es verstehen würde, nein, so wollte Kämmerlein nicht enden, nicht so. Scheiß doch was auf die Pensionsberechtigung, wenn das der Preis dafür war. Nein.

*

Max und Harry hatten nicht lange gezögert angesichts der Möglichkeit, den Schauplatz ihres selbstbewussten Auftretens erstmalig nach langer Zeit seelisch und körperlich unbeschadet verlassen zu können. Natürlich verstanden sie, dass Diplom-Kaufmann Schwyzer etwas Zeit brauchte. Sie hatte ja auch gar nicht erwartet, er würde sofort sein Portemonnaie zücken. Alles Mögliche hatten sie erwartet, nur das nicht.

»Keine durchgeknallte Sekretärin«, sagte Max, »keine Schläger, keine Polizei. Ob wir uns zwei bis drei Wochen gedulden könnten! Ich dachte, ich höre nicht richtig.«

»Wahnsinn!«, rief Tanja und klatschte vergnügt in die Hände. »Das muss gefeiert werden. Ich lauf eben zur Bude.« – Schon war sie los.

»Ich weiß nicht recht«, sinnierte Harry unterdessen. »Irgendetwas haut da nicht hin.«

Max achtete nicht auf ihn, sondern tigerte aufgeregt durch die Wohnung. Da war sein Zimmer, da war Harrys Zimmer, da war die Küche, da war der Flur, da war die Rumpelkammer, da war wieder die Küche, wieder der Flur, sein Zimmer, Harrys Zimmer – endlich war Tanja zurück. Endlich prostete sie ihm zu und sagte: »Komm, Max, erzähl die Geschichte noch einmal. Ich kann es nicht oft genug hören.«

»Also, das war so«, fing Max an, »wir kommen da rein …«

»Scheiße!«, unterbrach ihn Harry. »Es geht nicht.«

»Was geht nicht?«, fragte Max unwillig, denn er brannte darauf, die Geschichte abermals zu erzählen.

»Das mit der doppelten Verschleifung – es haut einfach

nicht hin. Es kann nicht funktionieren. Von nichts kommt eben nichts. Das wäre ja sonst wie bei der wunderbaren Brotvermehrung.«

»Bei was für einer Brotvermehrung?«

»Na ja, in der Bibel. Wo Christus aus einem Brot ganz viele Brote macht.«

»Aber da hat es doch funktioniert«, sagte Max und fügte unsicher hinzu: »Oder nicht?« Er war nicht sehr bibelfest.

»Kann sein, aber das war vor zweitausend Jahren. Jedenfalls beruht der doppelt verschleifte Zahlungsverkehr schlicht und ergreifend auf einem Denkfehler.«

»Und wenn schon«, sagte Tanja. »Solange dieser Schwyzer nichts davon merkt …«

»Aber die Wahrheit«, beharrte Harry.

Tanja legte ihre Zeigefinger über Kreuz und streckte ihm das Zeichen entgegen wie einem Besessenen. »Hast du denn immer noch nichts begriffen?«, rief sie. »Es kommt nicht darauf an, was man verkauft, sondern dass man es verkauft.«

*

Die kleine dunkle Wolke auf Hassans Stirn wuchs sich zu einer schwarzen Gewitterfront aus, als Tanja später als erwartet bei ihm eintraf und ihm freudestrahlend berichtete, der Grund ihrer Verspätung sei ein Umtrunk mit Max und Harry anlässlich eines kaum noch für möglich gehaltenen kommerziellen Durchbruchs der beiden gewesen. Wie kein anderer war Hassan von Max' und Harrys außergewöhnlichen Fähigkeiten überzeugt – tja, und jetzt hatten die beiden also ein lukratives Angebot so gut wie in der Tasche. Anders als Tanja sah Hassan darin nicht den geringsten Anlass zur Freude. Tanja bemerkte die Gewitterfront auf seiner Stirn und glaubte, ihm abermals den platonischen, um nicht zu sagen asexuellen Charakter ihrer Beziehung zu Max und Harry auseinandersetzen zu müssen. Aber so lagen die Dinge für Hassan nicht. Die Dinge lagen vielmehr so: Sollte ihm die Bekanntschaft mit Tanja außer erotischen Freuden auch noch die erhoffte, äußerst originelle Idee einbringen, dann musste etwas geschehen, und zwar sofort. Waren Max und Harry erst einmal entdeckt, dann säßen sie bald auch in einem schicken Büro und würden Ideen produzieren für wen auch immer, jedenfalls nicht für ihn. Im Grunde gab es nur eine Möglichkeit. Hassan musste dem anderen zuvorkommen und Max und Harry für die Innovationsabteilung der Firma »Hoch und Tief – Bauen für die Umwelt« gewinnen.

»Meinst du das im Ernst?«

Tanja starrte Hassan an und, es mag abgedroschen klingen, aber ihr stand der Mund tatsächlich offen. Hatte sie richtig gehört? Hassans entschiedenes Nicken war eindeutig. Er meinte es ernst. Er hatte allen Ernstes die Absicht geäußert, Max und Harry zu engagieren. Die Firma »Hoch und Tief – Bauen für die Umwelt« würde ihnen mehr zahlen als jede andere Firma, hatte er behauptet. Was sollte das? Tanja musterte ihn skeptisch, und dann plötzlich wusste sie, was er mit seinem Angebot bezweckte: Er wollte die beiden kaufen! Das war kein sehr schöner Zug von ihm – einerseits. Andererseits, wenn es ihn beruhigte … Warum eigentlich nicht?

»Und du meinst, das geht so einfach?«

Hassan zuckte mit den Schultern. Der Chef würde eben einsehen müssen, dass eine Erweiterung des Mitarbeiterstabs angesichts der immensen Bedeutung dieser Abteilung eine echte Zukunftsinvestition war.

»Ja dann …«

*

»Nun ja …«

Der Chef drehte seinen Siegelring, der etwas übergroß wirkte an der zierlichen Hand. Nachdenklich betrachtete er das eingravierte Firmenzeichen, das gleichzeitig ein Familienwappen war. Sicher, Hassan hatte ihm auch schon in einer anderen Personalangelegenheit beratend zur Seite gestanden. Da war es aber nur um die Umsetzung eines Vorarbeiters gegangen. Diesmal ging es um Neueinstellungen. Faktisch würden die durch Hassan verursachten Personalkosten, folgte man seinem Vorschlag, verdreifacht – ein Haar in der Suppe, das kaum zu übersehen war. Andererseits war Hassan eine sehr beeindruckende Persönlichkeit und hatte den Chef bisher noch kein einziges Mal enttäuscht. Diese Tatsache wog schwer in einem Leben, das allzu lange in der Position des Juniorchefs verharrt hatte und an Enttäuschungen nicht arm gewesen war. Der Chef hatte viele, viele schlechte Ratgeber gehabt – und bei Lichte besehen war Hassan der erste gute. Und genauso wie Hassan auf Max und Harry angewiesen war, glaubte der Chef seinerseits auf Hassan nicht verzichten zu können. Das gab den Ausschlag.

*

»Warum nicht?«

Alles war Harry lieber, als weiter eine doppelte Verschleifung anpreisen zu müssen, von der er wusste, dass sie ein Knoten war.

»Und du, was hältst du davon?«, wandte sich Tanja an Max.

»Ich weiß nicht so recht«, sagte Max. »Mit dem Schwyzer, das wäre was Reelles.«

»Ich bitte dich! Was ist daran reell, faule Eier zu verkaufen?«, empörte sich Harry.

»Du immer mit deiner Wahrheit«, sagte Max und hoffte, Tanja würde ihm beipflichten, was diesmal aber nicht geschah. Er senkte den Blick, dachte an bunte Gewänder, an braune Haut und kräftige Adern, und dann hatte Max eine Idee.

»Also gut, einverstanden.«

12
Seiteneinsteiger hin, Seiteneinsteiger her

Die Frage, wo die Innovationsabteilung mit einem um zweihundert Prozent erweiterten Mitarbeiterstab würdig unterzubringen sei, wurde ebenso gründlich wie ergebnislos beraten und blieb ungeklärt bis zu dem großen Neujahrsempfang, zu dem Heribert Klein – neben allerlei wichtigen Leuten aus Wirtschaft, Kultur und Politik – auch das leitende Personal der Firma einschließlich der drei frischgebackenen Kreativmanager geladen hatte. Der Empfang gab Hassan, Max und Harry Gelegenheit, das schön am Niederrhein gelegene Anwesen kennenzulernen, das Klein humorig »mein Wochenendhäuschen« nannte.

»Wochenendhäuschen ist gut«, dachte Harry. Sein Blick wanderte von der einen Seite des Saals, der dort den Charakter eines nicht sehr elegant, aber üppig ausgestatteten Salons hatte, zur anderen, wo ein griechisch-römisch-byzantinisch-ägyptischer Swimmingpool von der Lebensart des Chefs Zeugnis ablegte. Wenngleich die Mitarbeiter der Innovationsabteilung in ihrem Bemühen um ein gewinnertypenhaftes Auftreten nicht nachließen, so erschien in ihren Augen doch unwillkürlich der Glanz, den man landläufig als »Bauklötze staunen« bezeichnet. Beides zusammen bestärkte bei anderen Gästen den Eindruck, in ihnen drei sehr besonderen Persönlichkeiten zu begegnen – etwas verrückt vielleicht und wie von einem anderen Stern, aber hochinteressant. Und vielleicht, so wurde geflüstert, sei dieser Mut zur Verrücktheit ja überhaupt der Grund für den erkennbaren Aufschwung, den die Geschäfte der Firma »Hoch und Tief – Bauen für die Umwelt« in der letzten Zeit genommen hatten.

Nicht ohne Stolz, allerdings auch nicht ganz frei von Befürchtungen, beobachtete Heribert Klein das Aufsehen, das Hassan und die anderen Mitarbeiter seiner Innovationsabteilung bei den Gästen – gerade auch bei den Damen und Herren von der Konkurrenz – erregten. »Eine ungemein beeindruckende Personalpolitik und Unternehmensphilosophie«, lobte er sich in Gedanken selbst, schnippte eine Fluse vom Ärmel und dachte an die Reportage im »Managermagazin«, die ja nur noch eine Frage der Zeit war und ihn groß rausbringen würde, von wegen Mut zum Chaos, frischer Wind, ein Unternehmer geht neue Wege und so weiter und so weiter und so weiter.

*

Harry hatte ein begeisterungsfähiges Publikum gesehen, Max eine erstaunlich reichhaltige Bar. Hassan hatte die begehrlichen Blicke der Gäste von der Konkurrenz gesehen, und gesehen hatte er auch, dass auch der Chef diese Blicke gesehen hatte. Und nun geschah etwas Eigenartiges. Als Hassan dem Chef beiläufig von seiner Beobachtung berichtete und dann unversehens auf das, wie er glaubte, noch ungelöste Problem der räumlichen Unterbringung zu sprechen kam, erwies sich, dass dieses Problemchen an sich gar kein richtiges Problem mehr war, sondern in Gestalt des »Wochenendhäuschens« schon so gut wie gelöst. Hassan schien ehrlich verblüfft und kam sogleich auf ein weiteres, ebenfalls noch ungelöstes, wenngleich nicht unlösbares Problemchen zu sprechen: Er vermisste eine persönliche Referentin. Als auch diese Frage einvernehmlich geklärt und Tanja zur persönlichen Referentin ernannt worden war, knallte zwar kein Donnerschlag am Himmel, aber für Hassan, Tanja, Max und Harry begann ein Leben, das in den wenigen Momenten der Besinnung, die ihnen jetzt noch blieben, bestürzend unwirklich vor ihnen stand.

Zuweilen fühle er sich wie in einem Traum, erklärte Harry in einem dieser Momente, die freilich umso seltener wurden, je hemmungsloser er seiner Liebe zum zweckfreien Gedankenspiel nachgab und Max seiner nicht minder starken Liebe zu hochprozentigen Getränken. Kreationen nannte Max, was er da in immer neuen Variationen zusammenkippte und den zahlreichen Gästen kredenzte, die der Innovationsabteilung seit dem spektakulären Neujahrsauftritt die Ehre gaben.

Es war eine recht illustre Gesellschaft, die sich da in dem »Wochenendhäuschen« allabendlich zusammenfand. Der vom ewigen Juniorchef zum angehenden Unternehmer des Jahres gereifte Inhaber von »Hoch und Tief – Bauen für die Umwelt« hatte das Anwesen anspielungsreich in »Centro Creativo« umbenannt und seiner Innovationsabteilung als Ideen-Inkubator, wie er auch sagte, zur Verfügung gestellt. Seither gingen allerlei Kulturmenschen dort ein und aus, und auch einige aufgeschlossene Herren von der Konkurrenz schauten gerne mal auf ein paar Stündchen vorbei, nicht selten in Damenbegleitung. Im Nu hatte sich nämlich herumgesprochen, dass die Innovationsabteilung der Firma »Hoch und Tief – Bauen für die Umwelt« nicht nur eine besonders innovative, sondern auch ungemein gastfreie Innovationsabteilung war – gastfrei und mehr als das. Der märchenhafte Zauber, der Hassan umgab, und Tanjas natürliche Erotik verbanden sich in ihrer wechselseitigen Wirkung auf das jeweils andere Geschlecht zu einem Sog, dem kaum einer zu widerstehen vermochte. Man genoss Max' kalte Getränke und amüsierte sich köstlich über die noch kältere Kaltblütigkeit, mit der er seine Pointen platzierte. Zutiefst beeindruckt war man von den geistigen Höhenflügen Harrys, der sich, getragen von so viel Zustimmung, immer weiter hinaufschwang in die luftigsten Höhen des geistigen Lebens. Wie alles verstummte und den Atem anhielt, wenn er dort oben seine verbalen Loopings vollführte! Wie er vom Irgendwie ins Eigentliche gelangte und von dort wieder zurück ins Irgendwie – das war nicht ohne. Kaum zu glauben! Und wenn er dann ganz weich und ganz leicht im vermeintlich Trivialen aufsetzte, dann freuten sich alle und klatschten erleichtert in die Hände wie Flugreisende nach geglückter Landung.

Da blieb wenig Zeit, innere Einkehr zu halten und grüblerische Erwägungen anzustellen über die Unwirklichkeit der Wirklichkeit und dergleichen. Harry hatte es geschafft – so viel stand fest, und so erklärte er es auch Eberhardt Nachtigall alias Vogel, der den Verlust Tanjas inzwischen verschmerzt zu haben schien und überraschend kleinlaut um einen Interviewtermin für eine Reportage im Metropolen-Magazin angefragt hatte. Als er Harry erblickte, schien er sich ehrlich zu freuen. Er machte sogar Anstalten, ihn zu umarmen, dazu kam es aber nicht, weil Harry sich schon abgewandt hatte, um ihn in den großen Saal zu führen. Vogel folgte ihm und musterte verstohlen das protzige Ambiente. Klar, das war alles total geschmacklos, aber wahnsinnig teuer war es auch. Vogel war beeindruckt. Die hatten es wirklich weit gebracht. Mit solchen Leuten näher bekannt zu sein, konnte nicht schaden. Bestimmt nicht. Und die Sache mit Tanja? Schnee von gestern. Was soll's. Trotzdem gut, dass sie nirgends zu sehen war. Wo sie wohl steckte?

Im großen Saal gab es mehrere Sitzecken und eine Art Bar. Überall saßen und standen Leute, zumeist in Gespräche vertieft, die jetzt aber unterbrochen wurden, denn alle schauten erwartungsvoll zu den Eintretenden hinüber. Anscheinend wussten sie von dem Interviewtermin. Vogel wollte noch »Ich hatte doch eigentlich eher an ein Gespräch zu zweit gedacht« sagen, aber da hatte Harry ihn und sich selbst schon auf zwei Sesseln ziemlich zentral im Raum platziert und das Gespräch mir »So, dann schieß mal los mit deinen Fragen« eröffnet. Vogel hatte einen trockenen Mund und bat um ein Glas Wasser. Während er trank, fiel ihm ein, dass er kein Propranolol eingenommen hatte, wie er es gewöhnlich vor öffentlichen Auftritten tat. Er war in solchen Situationen immer etwas nervös und die Beta-blocker sorgten dafür, dass das Publikum davon nichts mitbe-kam. »Scheiße!«, dachte er jetzt und sagte dann: »Ehm, na ja, also, wie soll ich sagen? Ich wollte halt was über erfolgreiche Leute wie euch machen, also Leute, wo man erst mal nie ge-dacht hätte … Ich meine Leute, die sozusagen Seiteneinsteiger sind. Das soll ja auch der Titel werden: Seiteneinsteiger.«

»Ach, weißt du, mein Lieber«, erwiderte Harry, »was heißt schon Seiteneinsteiger? Der Erfolg ist ja kein Auto, wo man einfach so einsteigen kann. Nein, nein, das ist ein ganz fal-sches Bild. Man muss einfach gut sein, verstehst du. Das ist die Hauptsache. Wenn man gut ist, ich meine richtig gut, dann ist der Erfolg nur eine Frage der Zeit.« Vogel notierte sich das. »Aber«, fuhr Harry fort, »da ist noch was anderes, etwas Wich-tiges, vielleicht das Wichtigste: die Einsamkeit.« Harry senkte die Stimme. »Die Einsamkeit ist der Brutkasten, der aus Mög-lichkeiten Tatsachen macht.« Das sagte er leise und ganz lang-sam, so, als würde er jedes einzelne Wort mit Bedacht aus einer Fülle anderer Möglichkeiten auswählen.

Vogel gab vor zu verstehen und nickte lange. Ihm war warm. »Brutkasten ist gut«, dachte er, sagte dann aber: »Im Moment hält sich die Einsamkeit ja in Grenzen.« Dabei wies er auf die zahlreichen Gäste, die dem Interview den Charakter einer Pub-likumsveranstaltung verliehen.

»Für Einsamkeit«, antwortete Harry gedankenschwer, »ist auch in der dichtesten Masse noch Platz.«

Vogel setzte zu einer neuen Frage an, geriet dann aber ins

Straucheln, weil er eigentlich nach ihrem »Erfolgsrezept« hatten fragen wollen, ihm das jetzt aber zu banal erschien. Also versuchte er die Frage entsprechend abzuändern und »Rezept« durch eine intellektuell anspruchsvollere Formulierung zu ersetzen. Das Problem war, dass ihm auf die Schnelle nichts einfiel. Er begann zu faseln, und jetzt hörte er auch das grässliche Vibrato in seiner Stimme. Er kannte und hasste das. Seine Stimme zitterte. Jeder konnte es hören. »Himmel, worauf will ich eigentlich hinaus?«, schoss ihm, während er sprach, durch den Kopf, da fiel ihm Harry zum Glück ins Wort. Harry referierte über etwas anscheinend Wichtiges, das Vogel aber nicht verstand, weil er immer noch ganz bei sich selbst war und jetzt bemerkte, wie sehr er schwitzte. Sollte er sein Sakko ausziehen? Lieber nicht, er wusste ja nicht, wie durchgeschwitzt das Hemd schon war. Dann fasste er sich an die Stirn, als hörte er Harrys Ausführungen konzentriert zu, und entfernte diskret einige Schweißperlen, die sich am Haaransatz gebildet hatten. Sein Zustand war bedenklich, und je bewusster ihm das war, umso schlimmer wurde es. Sollte das heute der Tag sein, an dem er sich öffentlich für alle Zeiten bloßstellen würde? Als er dann auch noch Tanja in Begleitung von Hassan und Max den Raum betreten sah, ahnte Vogel: Ja, das war der Tag der Blamage.

Aber da irrte er sich. Mit weit ausgebreiteten Armen ging Tanja quer durch den Saal auf ihn zu und brachte sogar Harry zum Verstummen, indem sie schon auf halber Strecke »Vogel, wie schön, dich zu sehen!« rief. Sie umarmte ihn, nicht symbolisch, sondern richtig, drückte sogar noch einmal herzhaft nach und merkte, wie klatschnass Vogel inzwischen war. Tanja wandte sich an die Runde und erklärte, dass Vogel ja nicht nur Journalist, sondern auch der erste richtige Ratgeber von Max und Harry gewesen sei. Und für sie selbst sei er ja sowieso enorm wichtig gewesen. Hätte sie Vogel nicht getroffen, dann wäre sie womöglich aus ihrer kleinen Welt in Bottrop nie herausgekommen. Vogel habe ihren Blick für ganz andere Horizonte geöffnet. Wie begeistert er ihr damals, als sie auf der Dachterrasse des Gasometers gewesen seien, die riesige Weltstadt gezeigt habe, in der sie lebte, ohne es bisher überhaupt bemerkt zu haben!

»Wie Weltstadt, welche Weltstadt?«, fragte Harry irritiert.

»Ja, das ist so«, begann Vogel jetzt mit weitgehend zitterfreier Stimme, »die meisten Menschen in unserer Region sind ja notorisch bescheiden.« Er blickte in die Runde. Man hörte ihm zu. »Die Leute, die hier leben«, fuhr er fort, »machen ungerne großes Aufheben von sich selbst und würden nie sagen, dass sie Einwohner einer bedeutenden Metropole sind. Die fühlen sich nicht als Metropoliten, sie sind es aber trotzdem, wenn man die objektiven Strukturen betrachtet.« Erneut schaute sich Vogel um. Man hörte ihm immer noch zu. Na dann. Vogel legte los und begann mit visionär ausgreifender Gestik, den erstaunten Gästen sein geliebtes Ruhr-Babylon in seiner ganzen Größe, Vielfalt und Dramatik auszumalen. Das kam gut an. Wie immer es die einfachen Leute damit halten mochten, die hier Anwesenden hatten offenbar nichts dagegen, sich als Metropoliten zu sehen. Sie hörten Vogels immer bildreicheren Ausführungen wohlwollend nickend zu, einige klatschten sogar.

Von einem Interview im strengen Sinne konnte jetzt zwar nicht mehr gesprochen werden. Es wurde aber ein netter Abend, auch und gerade für Vogel. Der Abend endete mit einem fotografischen Arrangement dergestalt, dass Max und Harry in Liegestühlen Platz nahmen und ihren Blick über griechisch-römisch-byzantinisch-ägyptischen Formenreichtum schweifen ließen. Ihnen zu Füßen lag wie hingegossen die persönliche Referentin Tanja. Hinter ihnen erstrahlte Sultan Hassan in einem goldenen Bademantel aus feinster Seide.

*

Viele hatten das Foto gesehen und einige davon waren kaufmännische Seiteneinsteiger in spe. Unter Vogels Lesern gab es mehr als ein verkanntes Genie, das seiner Entdeckung entgegenharrte oder – statt bloß zu harren – auch selbst aktiv wurde, nämlich zum Beispiel bei der Firma »Hoch und Tief – Bauen für die Umwelt«, weil der Man-müsste-mal-Harry dort Einfluss hatte, jener Harry, den man noch aus der alten Zeit kannte, von wegen Katinka und so. Jetzt, wo er so gut im Geschäft war, würde Harry sicher Hilfestellung leisten können in der einen oder anderen Jahrhundertsache.

Das hätte Harry auch von Herzen gerne getan, nur leider hatten die guten alten Bekannten, die jetzt die Abteilung für Innovation heimsuchten, höchst eigenwillige, um nicht zu sagen haarsträubende Vorstellungen, was den Unterschied zwischen einer guten und einer blödsinnigen Idee betraf. Den Vogel schoss jemand ab, der allen Ernstes stillgelegte Kohlebergwerke in riesige Freizeitanlagen umrüsten wollte und für diesen Unsinn einen Geldgeber suchte.

»Bergwerksmuseen gibt's doch schon«, knurrte Harry und musterte flüchtig den nicht mehr ganz jungen Mann. Seine Stimme klang abschließend.

»Von wegen Bergwerksmuseum«, empörte sich da der Besucher. Nichts, aber auch rein gar nichts werde die Leute an ein Bergwerk, ein Museum oder gar an ein Bergwerksmuseum denken lassen. Die Fahrt mit dem Förderkorb könne man zum Beispiel wie eine Höllenfahrt inszenieren – so richtig mit Blitz, Qualm, Donner und allem, was moderne Elektronik, Laser- und Pyrotechnik so hergäben. »Stell dir das nur mal vor!«, schrie der angebliche gute alte Bekannte. »Fegefeuer bis runter auf Sohle sechs. Höllendisco. Die tiefste Disco der Welt. Fünfhundert Meter unter dem Meeresspiegel. Mit einem dampfenden Höllensee, wo das Wasser im Scheinwerferlicht brodelt wie knallrote Glut.«

Der Besucher starrte in eine imaginäre Szenerie. Er hob die gespreizten Hände vors Gesicht und fuhr mit gedämpfter Stimme fort: »Etwas abseits die … die, ach wie heißt sie noch – dieser Fluss in der griechischen Unterwelt.«

»Lethe!«, bellte Harry.

»Genau. Das andere Ufer im Nebel verhüllt. Die Leute fühlen sich wie Orpheus in der Unterwelt. Sie zahlen einen Extrapreis, dann bringt sie der Fährmann trockenen Fußes rüber auf die andere Seite. Da sind die elysischen Gefilde, wo alles leicht, licht und kristallin ist und Nixen, Feen und Elfen den gestressten Orpheus von heute umschwirren, umschwärmen, um …«

»Stopp, stopp, stopp!«, rief Harry, der jetzt aber genug hatte von den albernen Spinnereien, mit denen die Abteilung für Innovation seit Tagen überhäuft wurde.

»Warum«, fragte er alsbald sein allabendliches Publikum, »tun sich Durchschnittsmenschen bloß so schwer damit, schlicht und in Ehren einfach nur Durchschnittsmenschen zu sein?« Er machte eine Pause, aber in dieser Frage wollte ihm niemand den sokratischen Lastesel machen. Also antwortete er selbst: »Weil der Wunsch, außergewöhnlich zu sein, einer der gewöhnlichsten Wünsche überhaupt ist.«

13
Kämmerlein

Hauptkommissar Weimar und sein Team waren von dem allzu ungeraden Gang der Ereignisse überrumpelt worden. Der plötzliche Wohlstand ihrer nunmehr vier Hauptverdächtigen war ihnen unerklärlich und im höchsten Maße suspekt. Die Kämmerlein'schen Observationsberichte hatten alles, nur nicht diesen überfallartigen Einstieg in die Welt des großen Geldes und der teuren Genüsse erwarten lassen. Die teils lyrischen, teils philosophischen, teils sozialkritischen Nebenbemerkungen, die in Kämmerleins Ausführungen von Tag zu Tag größeren Raum einnahmen, wogen den entscheidenden Mangel seiner Berichterstattung nicht auf. Kämmerlein konnte den realen Gang des Geschehens nicht erklären, ja er hatte nicht den Hauch einer Erklärung anzubieten, wie Hauptkommissar Weimar nicht ohne Schärfe befand. – Nicht ohne Schärfe? Weimar war bis zum Platzen geladen und verlor endgültig die Selbstbeherrschung, als Kämmerlein in einem letzten Erklärungsversuch auf die ursächliche Bedeutung des Geldes als der eigentlichen Triebfeder allen Verbrechens zu sprechen kam.

»Geld!«, brüllte Weimar. »Geld! Geld! Geld! Ich höre immer nur Geld! Soll ich vielleicht das Geld auf die Anklagebank setzen oder den Herrn Bundesbankpräsidenten?«

Sogar Ott erinnerte sich nicht, den Hauptkommissar jemals so in Rage erlebt zu haben.

Kämmerlein zog den Kopf ein und gab sich geknickt. Doch so weh tat ihm die Zurechtweisung in Wahrheit gar nicht.

*

Geknickt war er eigentlich nur im buchstäblichen Sinne, als er anderntags in seinem Fiesta kauerte, dessen Abmessungen weniger der Länge seiner Beine als der Höhe seines Einkommens entsprachen. Er parkte unter niederrheinischen Kopfweiden an einer Stelle mit freiem Blick auf das stattliche Landhaus, das den Verdächtigen aus polizeilich noch ungeklärten Gründen überlassen worden war. Gemessen an ihrer bisherigen Zurückhaltung unterhielten sie dort einen äußerst regen gesellschaftlichen Verkehr. Kämmerlein beobachtete das und sorgte mit einer zur Telekanone aufgerüsteten Kamera dafür, dass die Besucherflut in Gestalt von mehr oder weniger gelungenen Fotografien alsbald auch den Schreibtisch des Hauptkommissars überschwemmte.

*

»Oh Gott, oh Gott!«, stöhnte Ott, als er den Berg erkennungsdienstlicher Knochenarbeit in Dienststunden umrechnete. Doch wider Erwarten ging die Identifikation der betreffenden Personen recht zügig vonstatten. Sofern die Besucher der Innovationsabteilung den Kollegen vom Wirtschaftsdezernat nicht namentlich bekannt waren, ließ sich ihre Identität derart reibungslos anhand der Unterlagen des vierzehnten Kommissariats ermitteln, dass man dort schon hellhörig geworden war und die Finger nach dem Fall auszustrecken begann. Aber von wegen! Weimar dachte nicht daran, sich den Fall aus den Händen nehmen zu lassen – ausgerechnet jetzt, wo es ihm gelungen war, die dubiose Bilderflut in zwei gut unterscheidbare Teilströme zu zerlegen.

Zum einen gab es da nämlich jene mittedreißig- bis mittevierzigjährigen Existenzen, die in vieler, vor allem aber in finanzieller Hinsicht eher unklar wirkten, und deren Berufstätigkeit nicht selten einen recht freischaffenden, ja freischwebenden Charakter zu haben schien. Hingegen hatten die Exponenten der anderen Sorte so gar nichts Freischwebendes an sich, wenn sie ihren schweren Limousinen entstiegen, den Fahrern ein knappes »Bitte warten!« hinwarfen und die Kragen ihrer Ich-habe-ein-Vermögen-gekostet-Mäntel hochschlugen. Vor allem diese zweite Gruppe beschäftigte Weimar, denn er durfte sich einen Fehler natürlich umso weniger leisten, je mehr die Liste der in den Fall Verstrickten einem Auszug aus dem Who is Who der deutschen Bauwirtschaft glich.

*

Aber das waren nicht Kämmerleins Sorgen. Darüber sollten sich der Ott und der Hauptkommissar die Köpfe zerbrechen. Kämmerlein war zum Hilfsarbeiter degradiert und führte die ihm übertragene Tätigkeit aus ohne übertriebenes Engagement. Keine Vernehmungen, keine Berichte, keine Hypothesen, keine Schlüsse, keine Verantwortung. Kamera hoch – knipsen – Kennzeichen notieren – Uhrzeit – fertig, aus. Kämmerlein war es recht so. Die geringe Komplexität seines Auftrags sparte ihm Gehirnschmalz für die Fragen, die ihn wirklich interessierten. Die eigentlichen Fragen. Zum Beispiel: Was war mit dem Einbeinigen los? »Macht hoch die Tür, die Tor macht weit« – was sollte das? Kämmerlein hatte Marlies darüber befragt, doch die schwarzen Augen hatten ihm keine Antwort gegeben. Marlies hatte die Frage einfach überhört und mit den Kindern zu zetern begonnen wegen irgendeiner Lappalie. Gott ja – und dann war die Stragierowitz reingekommen, hatte ihn gesehen und, ach … Da! Kämmerlein griff zur Kamera. Eine schöne Frau entstieg einem schönen Auto. Sie war schön gekleidet, frisiert und geschminkt. »Schön blöd«, dachte Kämmerlein, als er die Schöne mit seiner Fotokanone anvisierte. Er vermisste in diesem Gesicht jeden Ausdruck menschlicher Tiefe.

»Es gibt Gesichter, da schaut man in Abgründe«, dachte Kämmerlein. Die da drüben ein- und ausgingen hatten nichts davon. In der Katinka hatte er solche Gesichter gesehen, aber da drüben die – das waren doch nur mehr oder weniger schlau herausgeputzte Schickimicki-Masken. Die Katinka war anders als diese seelenlose Fata Morgana des Geldes. Die Katinka war ein Abgrund. Und er schaute in diesen Abgrund, wenn er in zwei dunkle, tief liegende Augen schaute. Mein Gott! Wie sie plötzlich da gewesen waren diese Augen, damals im Hausflur! Und wie dämlich er sich dann aufgeführt hatte. Marlies hatte sich tonlos abgewandt und war wieder die Treppe hinaufgegangen. Er war ihr nachgestolpert, um ihr alles zu erklären – von wegen kaputter Windschutzscheibe und so. Sich an Kindern vergreifen? Noch nie habe er so was getan. Kämmerlein errötete, als er an sein Gestammel dachte. Doch schon riss ihn ein neuer Besucher aus seinen Gedanken. Der Mann, hinter dem sich gerade die Tür schloss, war ihm gänzlich unfotografiert durch die Lappen gegangen. – Und wenn schon! Jedenfalls hatte Marlies ihn in die Wohnung gelassen. Sie hatte ihm die Tür nicht einfach vor der Nase zugeknallt, was sie ja gekonnt hätte. Wenn sie ihn auch nicht ausdrücklich hineingebeten hatte, so hatte sie ihn doch immerhin eintreten lassen. Na ja, streng genommen hatte Sabrina ihn reingelassen. Und streng genommen hatte Sabrina auch das Gespräch mit ihm geführt. Streng genommen hatte Marlies die ganze Zeit geschwiegen. Sie hatte geschwiegen wie vom Donner gerührt. Und war es denn ein

Wunder? Die Drohung mit dem Schadensersatz hätte er sich wahrhaftig sparen können. Sicher hatte er ihr damit Angst gemacht. Das musste ihr ja Angst machen. Die dünnen Arme um den mageren Leib geschlungen hatte sie ihn fröstelnd angehört und der Tochter das Antworten überlassen. Auf der zerschlissenen Couch hatte sie wortlos dagesessen – ein stummes Bild wie hinter Glas, und davor seine und Sabrinas Stimmen. Wie er sich gewunden hatte! Er bestehe doch gar nicht auf Schadensersatz. Er habe ja nur gemeint. In dem Alter seien die Jungs nun einmal schwierig. Von wegen Pädagogik und so.

»Mein Bruder ist aber kein Verbrecher.«

Natürlich nicht. Er selbst habe in dem Alter auch allerhand Scheiße gebaut. Er sei früher sogar einer von den ganz besonders Wilden gewesen. Was er als Kind nicht alles angestellt habe! Ein richtiger Brandstifter sei er gewesen.

»Zigarette!«, dachte der Mann im Fiesta, als er sich seiner läppischen Lügen erinnerte. Läppisch? Peinlich. Peinliche Lügen waren das. Hatte er sich nicht allen Ernstes als Kappi ausgegeben?! Doch, das hatte er. Die Maus in der Rolle des Tigers: er als Kappi – mein Gott! Gab es tiefere Gräben? Gab es Gräben, die tiefer waren als der zwischen Witwe Kämmerlein und Sohn auf der einen Seite der Uferstraße und Familie Kappi auf der anderen? Das einzig Verbindende war doch in Wahrheit die Ähnlichkeit der Kronleuchter gewesen. Beide aus falschem Kristall. Aber der eine war vom Klüngel und hatte ziemlich schief an der Decke gehangen; der andere war vollzeitgeputzt und von Meusinger, alteingesessener Fachhandel, auch eine sehr gute Familie. Nein, der Kappi kam aus keiner sehr guten Familie und auch nicht aus einer guten, nicht einmal aus einer anständigen Familie kam der. Aber ein ganz Wilder war, wenn überhaupt nur einer, dann Kappi, der schon. Aber doch nicht Kämmerlein. Der hatte nämlich in Wahrheit eine ganze Kindheit und Jugend, ein ganzes Leben lang, völlig zu Recht als eine

Memme gegolten. Ein feiges Schwein hatten ihn Kappi und seine Gang genannt. Die Kappi-Leute hatten den Nagel damit ziemlich gekonnt auf den Kopf getroffen. Memme, Angsthase, Mamas Liebling. Das hatte beschissen wehgetan, und genau genommen tat es immer noch weh … Mama! Mama hatte alles nur noch schlimmer gemacht. Der Kappi sei doch das Letzte, ein Asozialer, ein Schlammgeschöpf … Genau, Schlammgeschöpf hatte sie immer gesagt, wenn sie sich in Rage geredet hatte. Der würde unweigerlich im Zuchthaus landen und seine ganze Bande auch. Das sei so sicher wie das Amen in der Kirche. Richtig, Amen in der Kirche … Sagt sie heute noch …

Der Mann im blauen Fiesta drehte das Seitenfenster herunter. Er warf seine Zigarettenkippe nach draußen. Plötzlich huschte ein Grinsen durch sein Gesicht. Juliane Alsbeck war ihm eingefallen. Das war schon besser. Der Alsbeck hatte er sauber einen eingeschenkt. Nicht schlecht. Nein, absolut nicht. Wurde aber auch Zeit. Die Frau verfolgte ihn ja regelrecht. Anfangs hatte sie wohl geglaubt, sein Interesse an Marlies sei das Ergebnis ihrer verleumderischen Behauptungen gewesen und rein dienstlicher Natur. Da hatten sich ihre Nachstellungen darauf beschränkt, ihn an den Besuch zu erinnern, den er ihr unvorsichtigerweise versprochen hatte. Letztens hatte sie ihn aber zu vorgerückter Stunde erwischt, und seither verfolgte sie ihn mit ihren hysterischen Warnungen, als gelte es, einen Engel vor dem Satan zu bewahren. Darum hatte er ihr das mit der üblen Nachrede gesteckt. Gut platziert. Mit ihren Hetztiraden gegen Marlies und die Kinder mache sie sich strafbar, hatte er gesagt. Das hatte gesessen.

Kämmerlein entstieg dem blauen Fiesta und räkelte sich. Nur Schade, dass Mütter nicht zur Verantwortung gezogen wurden für das Gift, das sie verspritzten, um ihre Kinder vor schlechtem Umgang zu bewahren. – Oder? Konnten sie denn wirklich nicht dafür belangt werden? Könnten sie vielleicht schon, nur müssten die Kinder dann als Zeugen auftreten. Das wäre ein lustiger Prozess. Der Richter würde ein strenges Gesicht machen und sagen: »Die Angeklagte wird zu einer Ordnungsstrafe verurteilt, weil sie den Zeugen der Anklage unter Druck gesetzt hat. Und der Nebenkläger Kappi soll jetzt endlich mal den Mund halten. Der Zeuge der Anklage hat das Wort. Bitte, mein Kind, sprich ganz frei und ungezwungen, du hast nichts zu befürchten.«

Kämmerlein quetschte sich wieder in sein Auto und begann mit der Aussage: »Na ja ... also, sie hat behauptet, der Kappi sei gemeingefährlich und würde zehn Meter gegen den Wind stinken. Und die würden zu Hause kein Wasser verbrauchen, höchstens mal zum Kaffeekochen. Sein Papa könne nicht lesen und nicht schreiben. Er sei ein Analphabet und ein Verbrecher, ein Betrüger und ein Säufer und würde noch schlimmer stinken als sein Sohn. Seine Mutter sei ein Flittchen, total verlebt, zu nichts nütze und unwahrscheinlich dumm.« Was würde die Angeklagte dazu sagen. Zu ihrer Entlastung könnte sie vorbringen, dass sie mit ihren Hasstiraden Salz in eine Wunde gestreut hatte, aus der immerhin eine Polizeikarriere hervorgegangen war.

Ob Kappi im Gefängnis gelandet war, wusste Kämmerlein nicht. Aber er wusste, dass der Kappi seiner Kindheit, jener Kappi, den er leider nicht als einen Freund, sondern als eine Plage kennengelernt hatte, dass dieser Kappi ein Kerl war, stark und furchtlos, ein Kerl eben. So einer war Kappi. Der hatte sich nicht gescheut, die gesamten Uferwiesen in Brand zu stecken. Auf fünfhundert Meter hatte das gebrannt, wie Zunder. Was für ein Spektakel! Die Sirene hatte dreimal geheult und die Feuerwehr war ausgerückt mit allen Löschwagen, die sie hatte. So einer war Kappi. Und Kämmerlein? Was war Kämmerlein für einer? Er selbst sei ja früher auch ein ganz, ganz Schlimmer gewesen, hatte er Marlies und Sabrina weismachen wollen. Prahlhans! Sogar einen Brand hätte er gelegt und einen Großeinsatz der Feuerwehr ausgelöst! Das sei damals ein Riesentheater gewesen, hatte er gelogen und – ah, schlecht gelogen! Trotzdem war da etwas in den dunklen Augen gewesen, eine Art Winken und ein Lächeln, heimlich, als dürfe Sabrina nichts davon mitbekommen. Und Sabrina hatte nichts mitbekommen. Die hatte ihren Bruder verteidigt wie eine Furie.

»Wie alt waren Sie denn, als Sie das mit dem Feuer angestellt haben?«

»Zwölf oder dreizehn vielleicht.«

»Und Patrick ist erst elf.«

Da hatte sie recht. Ihr Bruder, dieses Früchtchen, war erst elf. Und was war schon eine kaputte Windschutzscheibe gegen einen Großbrand? Nicht der Rede wert. Das hätte Kämmerlein eigentlich zugeben müssen, hatte er aber nicht zugegeben. Einfach hinwegsehen dürfe man nicht über diese Dinge, aus rein pädagogischen Gründen, natürlich nicht wegen Strafe und so, beileibe nicht. Aber sang- und klanglos zur Tagungsordnung übergehen? Ganz falsch. Angebracht sei vielmehr eine ernste und doch zugleich auch einfühlsame Unterredung. Sonst würde sich am Ende noch der dumme Spruch bewahrheiten, dass aus einem kleinen Strolch schnell ein großer Verbrecher geworden ist.

Das hatte gewirkt. Und wie das gewirkt hatte. Offenbar hatte Sabrina ähnlich düstere Prognosen auch schon auf eigene Faust angestellt. Offenbar war ihr längst klar gewesen, dass etwas unternommen werden musste. Offenbar hatte sie bisher bloß noch nicht gewusst, was, und nun in Kämmerlein den Mann gefunden, der dieses Wissen besaß. Jedenfalls war sie aufgesprungen und hinausgelaufen, um ihren Bruder zu suchen und vorzuführen. Sie hatte ihn mit den dunklen Augen allein gelassen.

14
Relativ schwarze Löcher

Das blaustichige Licht der Moderne, der Magnetismus der Masse, der Blitz in der griechischen Mythologie, dann die Einsamkeit, dann das Rauchen, dann ein Innehalten, dann alles wieder retour. »Geistkunstlaufen« wäre keine üble Bezeichnung gewesen für die parasportliche Disziplin, in der Harry von Tag zu Tag mehr brillierte. Ein doppelter Syllogismus, elegant ausgeschwungen zu einer Antinomien-Pirouette, dann Bonmots in einem rasanten Stakkato und – Sprung: eine exzellente Schleife, die kulturhistorische Bedeutung von Mayonnaise und Ketchup betreffend. Superb!

Was wollte er mehr? Harry hatte es geschafft. Er hatte sein Auditorium gefunden, und wenn es auch ein recht eigenartiges Publikum war, das sich da neuerdings in den Gemächern des »Centro Creativo« um ihn scharte, so war es doch sein Publikum. Ein ziemlich gemischtes Publikum war das. Einigen seiner Zuhörer war die Eule der Minerva in der Vergangenheit noch nicht sehr oft begegnet. Aber auch diese zeigten sich ungemein offen und lernfähig, und darum waren sie Harry recht.

Der Inhaber der Firma »Hoch und Tief – Bauen für die Umwelt« sah das naturgemäß ein wenig anders. Nicht, dass ihn Harrys Gerede sonderlich gestört hätte – Hassan würde schon seine Gründe haben, sich mit so einem Schwätzer abzugeben. Aber die Herrschaften von der Konkurrenz, die Klein jedes Mal über den Weg liefen, wenn er der Innovationsabteilung seine Aufwartung machte, erfüllten sein Herz mit Sorge. Die opferten ihre kostbare Zeit doch nicht, um sich über die kulturhistorische Bedeutung von Mayonnaise, Senf, Soleiern und was sonst noch alles zu informieren. Die wollten doch was. Hassan mochte ja aufrichtig sein, wenn er beteuerte, er sei mit den Arbeitsbedingungen, die ihm die Firma bot, voll und ganz zufrieden und hege keinerlei Abwanderungsgelüste. Aber Klein kannte das Geschäftsleben und die schmutzigen Tricks, mit denen da gearbeitet wurde. Wenn nicht durch Abwerbung, so würden die Konkurrenten eben auf anderem Wege herauszufinden versuchen, woran in der Abteilung für Innovation gearbeitet wurde. Hassans Versprechen, er werde dichthalten und auch seine Mitarbeiter zum Schweigen vergattern, war zwar glaubhaft, aber nicht wirklich beruhigend, denn es war ja offensichtlich, dass die Mitglieder der Innovationsabteilung beinah genauso naiv wie kreativ waren und den Kniffen geschickter Aushorchung nichts entgegenzusetzen hatten.

Natürlich kam es nicht zu dem befürchteten Verrat. Wie hätte das auch zugehen sollen? Da war nichts zu verraten. Doch das wusste Klein nicht, und so war und blieb er alarmiert.

*

Hassan hingegen kannte die wahre Sachlage. Daher übertrug sich die Alarmstimmung seines Chefs auch auf ihn selbst. Die Gunst eines gemeinsamen Frühstücks nutzend, erklärte er Max und Harry, es werde langsam Zeit, die nicht unerheblichen Sach- und Personalkosten, die in der Innovationsabteilung seit Wochen anfielen, der Firma durch eine erkennbare Gegenleistung schmackhaft zu machen.

»Soso«, sagte Harry in einem Tonfall, der wenig Interesse an diesem Thema verriet.

»Kennt ihr eigentlich schon meine neueste Kreation?«, wollte Max wissen. »Aber nein, die kennt ihr garantiert noch nicht.« Er ging zur Bar.

»Der Chef …«, fing Hassan wieder an.

»Im Grunde nichts Besonderes«, fiel ihm Max ins Wort, während er mit den Flaschen hantierte, »nichts Besonderes, bis auf eine Nuance, eine ganz feine Nuance. Das Geheimnis … na, wo hab ich's denn, ach hier. Das Geheimnis ist der Hauch von Muskat.«

»Der Chef wird nervös«, sagte Hassan und folgte Max an die Bar.

»Der soll sich mal keine Sorgen machen – das wird schon«, erwiderte Max und reichte Hassan ein Glas. »Hier probiere mal. Der wird dir guttun, von wegen Stressabbau und so.«

»Es eilt«, zischte Hassan und wandte sich ab.

Tanja gesellte sich zu Max und nahm ihm das Glas aus der Hand. »Komisch«, sagte sie, als Hassan aus dem Zimmer war, »so kenne ich ihn gar nicht.«

*

Kämmerlein hob die Telekanone. Jemand ging auf das verdächtige Anwesen zu. Ein älterer Herr. Kämmerlein nahm ihn ins Visier, aber durch den Kopf ging ihm Marlies. Diese rätselhafte Frau. So scheu und so – einsam? War es Einsamkeit? Trauer vielleicht. Einmal hatte sie gelacht, nur ganz kurz und irgendwie grell, aber sonst lachte sie nie. Er hatte mit ihr und den Kindern in der Küche gesessen, und sie hatte gefröstelt. Patrick hatte den Ofen inspiziert und grimmig festgestellt: Der Ofen ist aus. Der Junge hatte das »aus« stark betont und Kämmerlein damit ans Gewissen geschlagen. Auf der Stelle hatte er sich ans Werk gemacht: beweisen, dass er nicht nur ein ganz anderer Bulle sei … großherzig, verständnisvoll … sondern … Bulle hin, Bulle her … es auch verstehe, sich ganz praktisch nützlich zu machen. Er kannte sich doch schließlich aus mit Öfen. War er nicht mit Kohleheizung aufgewachsen? Natürlich war er mit Kohleheizung aufgewachsen, und darum wusste er ja auch, dass es eine Verpuffung gewesen war. Eine Verpuffung eben. So was kommt vor, wenn der Ofen lange nicht entrußt wurde und falsche Luft zieht. Aber er hatte wohl reichlich dämlich ausgesehen, so schwarz bepudert wie einer vom Pütt. Richtig laut hatte sie gelacht, aber nur ganz kurz. Dann war von ihrem Lachen noch ein Wimpernschlag lang Entsetzen geblieben und dann hatten die Augen wieder tief und mysteriös in dem blassen Gesichtchen gelegen. Oh, dieses Lachen …! Na ja, eine Glanztat hatte er wirklich nicht vollbracht, nicht, was den Ofen betraf. Und die Sache mit dem Jungen lief auch nicht gerade nach Plan. Die war von Anfang an nicht nach Plan gelaufen. Schon damals, als Sabrina –

»Huh! Das ist ja der Hauptkommissar!«, schoss es Kämmerlein durch den Kopf. Aber da hatte er schon abgedrückt. Er legte die Kamera auf den Beifahrersitz und kniff die Augen zusammen, denn es galt, einer unschönen Erinnerung die Stirn zu bieten. Sabrina hatte Patrick ins Zimmer geschubst, damit er sich ihn einmal richtig vorknöpfen konnte. Und – hatte er sich ihn vorgeknöpft? Konnte man das Vorknöpfen nennen? Ob er Scheibeneinschmeißen für ein Zeichen von Intelligenz halte, hatte er ihn gefragt und vermutlich hatte er damit haargenau dasjenige Problem aufgeworfen, das dem Jungen von allen Problemen dieser Welt mit Abstand am gleichgültigsten war. Wie der sich vor ihm aufgebaut hatte mit seinem dreckverschmierten Gesicht und dem verschlagenen Blick! Ja, richtig verschlagen hatte der Bursche dreingeschaut. Ein kleiner, verwahrloster Fuchs. Der war nicht dumm, das gewiss nicht – aber statt bei seiner Intelligenz hätte man ihn doch wohl eher bei seiner Verbrecherehre packen sollen. Das hatte Kämmerlein bald erkannt und versucht, eine für diesen Schachzug geeignete Vertrauensbasis herzustellen. Im Grunde seien Polizisten und Verbrecher doch aus einem Holz geschnitzt, hatte er verlauten lassen mit einem Gesichtsausdruck wie Lino Ventura. Beide seien bewaffnet und führten ein höchst riskantes Leben. In dem finsteren Dschungel, in dem Polizisten und Verbrecher das Sagen hätten, würden sie einander immer ähnlicher. Man könnte sie manchmal kaum auseinanderhalten.

»Aber ihr habt das Gesetz auf eurer Seite.«

Wie altklug Sabrina manchmal sein konnte!

»Das Gesetz ist der Staat und der Staat sind wir.« Kämmerlein staunte noch immer über seinen Zynismus. »Im Grunde sind wir auch nur 'ne Gang«, hatte er behauptet. »Klar, unsere Gang hat allerhand Mitglieder, aber die braucht sie auch. Kleine Gang, kleines Revier, große Gang, großes. Wir haben ein ziemlich großes Revier.«

Wenn einer wie Patrick so was hört, dann checkt der die Lage und sagt: »Wir auch.«

»Du spinnst ja!«, hatte Sabrina richtiggestellt. »Die Piranhas machen doch Kleinholz aus euch, sobald ihr denen in die Quere kommt. Und die Türken von drüben sind auch stärker als ihr.«

Patrick hatte zu einer Erwiderung angesetzt, doch Kämmerlein war ihm zuvorgekommen. Seine Stimme hatte jetzt wirklich geklungen wie die Lino Venturas. »Solange ich anständig bezahlt werde, mach ich meinen Job – egal für welche Bande.«

»Anständig« war dem schmierigen Dreikäsehoch zu ungenau gewesen.

»Was zahlen sie dir denn?«

»Fünfzig Riesen pro Jahr.« Kämmerlein hatte natürlich Brutto gemeint.

»Mehr nicht?«

»Wenn du gut bist, kommst du auf hunderttausend und mehr«, hatte Kämmerlein erwidert, jetzt nicht mehr im Stil eines hartgesottenen Killers, sondern eher wie ein Berufsberater vom Arbeitsamt.

»Und warum machst du dann nur fünfzig? Bist wohl nicht so gut.«

Was war das nur für ein Kind! Kaum anderthalb Meter hoch, aber durchtrieben und abgezockt durch und durch. Einem derart in die Weichteile zu treten! Das hätte Kämmerlein nie gewagt und würde er auch in Zukunft nicht wagen. Niemals. Da gab es bei ihm eine Hemmung, eine Art Beißhemmung, derentwegen Patrick mit seiner Bemerkung über Kämmerleins berufliche Befähigung gar nicht so falschgelegen hatte. Hier hatte mal wieder einer den Nagel ziemlich gekonnt auf den Kopf getroffen, was wiederum bedeutete, dass Kämmerlein gegen den Burschen von Anfang an chancenlos gewesen war. Er hätte zurückschlagen müssen, Kämmerlein konnte aber nicht zurückschlagen, und darum wäre es das Vernünftigste gewesen, er hätte sich schleunigst aus dem Staube gemacht. Aber da waren die schwarzen Augen gewesen und – ach! »Lass doch den eifersüchtigen Kerl«, hatten die schwarzen Augen gesagt, »du hast dich nicht blamiert, nicht vor mir.«

Also war er geblieben und niemand, nicht einmal Patrick, hatte über ihn gelacht. Die dicke Stragierowitz war zwar zuerst misstrauisch gewesen und aggressiv wie eine Henne, die um ihr Küken kämpft. Aber nachdem sie ihn dreimal derart gekonnt ins Verhör genommen hatte, wie es Kämmerlein auch bei den Besten seines Fachs noch nicht erlebt hatte, war ihr offenbar die Erkenntnis gedämmert, dass er nichts Böses im Schilde führte. Mutter Stragierowitz hatte seine Harmlosigkeit erkannt und wahrscheinlich auch noch einiges mehr. Jedenfalls fühlte er sich in ihrer Nähe seither manchmal selbst schon fast wie ein Küken. Zwar waren die Scherze, mit denen sie seine pädagogischen Bemühungen kommentierte, ziemlich derb, aber sie stachen ihm nicht ins Herz. Ihre Frotzeleien taten nicht weh, sondern fühlten sich an wie ein kräftiges, wohlgesonnenes Knuffen. Und die Stragierowitz war ja auch die Erste gewesen, die das flinke Händchen gelobt hatte, das er zwar nicht im Umgang mit Öfen und frechen Kindern, umso auffallender aber im Umgang mit Formularen und dem ganzen übrigen Schriftkram bewies. Beim Sozialamt hatte er Widerspruch eingelegt und mit dem Jugendamt sogar persönlich verhandelt. Hannelore Stragierowitz hatte es ihm zugutegehalten und auch selbst noch die eine und andere Frage gehabt, denn die Schweinerei mit Erwins Invalidenrente war beileibe nicht das einzige Problem, dem mit Lebenserfahrung allein schlecht beizukommen war.

*

Harry erklärte: Alles Sein habe den Sinn eines Wirbels und die Zeit sei darin der Sog. Alles sei Wirbel und Wirbel von Wirbeln und das Zentrum eines Wirbels bilde – logischerweise – immer ein relativ schwarzes Loch. Was immer ein schwarzes Loch für den Astrophysiker sei, er – Harry – verstehe unter einem relativ schwarzen Loch einen Abfluss. Ohne Sog kein Wirbel, ohne Abfluss kein Sog. So sei es im Großen wie im Kleinen, und so redete Harry und die Leute hörten ihm zu. – Falsch. Nicht alle hörten ihm zu. Hassan interessierte sich nicht für Wirbel und im Moment weniger denn je. Aufgeregt flüsternd versuchte er Tanja etwas klarzumachen.

»Versteh doch! Der Chef redet von Plänen.«

»Was für Pläne?«

»Was für Pläne! Gute Frage – das wüsste ich auch gerne. Es gibt keine Pläne. Das ist es doch.«

Letztendlich, dozierte Harry, sei jeder Mensch ein relativ schwarzes Loch, denn jeder Mensch erfülle die Funktion eines

Abflusses und lasse einen Sog entstehen.

»Wenn es keine Pläne gibt, was regst du dich dann so auf?«

Verzweifelt schüttelte Hassan den Kopf. »Begreifst du denn immer noch nicht?«

Nun sei zwar an sich alles immer schon in Bewegung, fuhr Harry fort, dies aber auf eine durchaus chaotische Art. Ein relativ schwarzes Loch, zum Beispiel ein Mensch, bewirke jedoch, dass alles, was in die Reichweite seines Sogs gerate, eine und sei es auch geringfügige Veränderung seiner Eigenbewegung erfahre, wodurch das Bewegungschaos strukturiert würde und zwar im Sinne einer allgemeinen Krümmung der vielfältigen Bahnen in Richtung auf das relativ schwarze Loch. Die Folge sei ein Wirbel.

Tanja blickte Hassan verächtlich an. »Doch, doch, ich begreife langsam.«

»Endlich.«

»Ich begreife langsam, dass du ein Schleimscheißer bist«, sagte sie laut, denn sie hoffte, dem Gespräch so ein Ende zu machen.

»Schrei doch nicht so«, zischte Hassan. »Die gucken schon.«

Das war übertrieben. Die meisten Anwesenden hatten kein Ohr für Hassan und Tanja, sondern versuchten zu verstehen, warum das Sein den Sinn eines Wirbels habe und der Sog in diesem Wirbel die Zeit sei. Einigen schien ein Licht aufzugehen, als sie hörten, dass jeder einzelne Mensch seinen eigenen Sog natürlich am allerwenigsten spüre, eher schon den eines anderen, besonders, wenn dieser andere ein relativ schwärzeres Loch sei als er selbst.

Nur ein älterer Herr achtete nicht recht auf Harrys Ausführungen und beobachtete verstohlen, wie Hassan Tanja mit sanfter Gewalt aus dem Salon zog. Der ältere Herr stand auf, durchquerte den Raum und verhielt an der Tür zu dem Nebenzimmer, in das die beiden verschwunden waren. Er lehnte sich an den Türrahmen, fixierte Harry und hörte folgenden Wortwechsel:

»Was meinst du – warum hören die dem da drüben überhaupt zu?«

»Was weiß ich.«

»Die denken: Der wird gut bezahlt, also ist er auch gut.«

»Lass sie doch. Das ist doch gut.«

»Die bezahlen ihn aber nicht.«

»Na und?«

»Der Chef bezahlt ihn. Der Chef bezahlt ihn aber nur, wenn er auch gut ist.«

»Aber er ist doch gut.«

»Sagst du …«

»Herrje, musst du denn immer so schwarzsehen?«

»Du redest mit Max?«

»Warum mit Max? Warum nicht mit Harry?«

»Max ist vernünftiger. Außerdem …«

»Außerdem?«

»Nichts.«

Die Tür wurde aufgestoßen.

»Oh, Verzeihung!«, sagte Tanja zu dem älteren Herrn, der nicht schnell genug zur Seite getreten war. Sie ging zur Bar und hörte, Ludwig der Vierzehnte sei ein extrem schwarzes Loch gewesen. Der habe an einem einzigen Tag Nahrungsmittel, Dienstleistungen und Luxusartikel im Wert von zigtausend Francs verschlungen.

»Stellen Sie sich vor, was das für ein Wirbel war.«

Ein relativ schwarzes Loch sei zum Beispiel auch eine Opferstätte, und wer wollte behaupten, die Menschen spürten nicht den Sog, der von so einer Opferstätte ausgehe. Sie könnten die Lebensmittel ja auch selbst aufessen, anstatt sie dort hinzutragen. Aber nein, der Sog der Opferstätte sei eben stärker als ihr eigener Sog, und weil Sog Zeit sei, stünden die Opferstätten in einem kulturhistorisch gesicherten Zusammenhang mit der Entstehung der Zeitmessung. »Der Kalender wird immer dort geführt und die Chroniken immer dort geschrieben, wo das relativ schwärzeste Loch ist.«

Tanja genehmigte sich eine von Max' Kreationen. Sie hörte, in der Antike sei Rom das relativ schwärzeste Loch gewesen, und sagte zu Max: »Hassan wird ungeduldig. Er meint …«

»Kein Grund zur Panik«, fiel ihr Max mit einer lässig wegwerfenden Handbewegung ins Wort. Alles an ihm strahlte Gelassenheit und Souveränität aus. Er lächelte überlegen und zuckte mit den Schultern wie über Kindersorgen. Was sollte diese piefige Hektik plötzlich? Hatte es ihnen denn jemals an Ideen gefehlt? Nein, es hatte ihnen noch nie an Ideen gefehlt und es würde ihnen auch künftig nicht an Ideen fehlen – vorausgesetzt, man übte keinen Druck auf sie aus. »Ich bin doch kein Akkordarbeiter«, sagte er mit der Arroganz eines Kunstmalers, der von Anstreichern spricht. »Wenn ich im Moment nicht so in Stimmung bin, dann bin ich eben nicht so in Stimmung. Was soll's? Das kommt schon. – Hier, probiere den mal.«

Tanja probierte und fühlte sich in ihrem Urteil bestätigt, dass Hassans Drängelei wirklich furchtbar kleinkariert sei.

»Ideen macht man nämlich nicht«, erläuterte Max, »Ideen hat man. Sich entspannen und warten, bis sie hervorkommen: So läuft das. Wenn du dich verkrampfst, kommen sie garantiert nicht.«

»Easy-going« war Max' Philosophie. Kein Stress. Einfach kommen lassen. Das würde schon. Er war sich seiner ganz sicher. Er dachte an die bunten Gewänder und an die braune Haut, in der blau die kräftigen Adern schimmerten, leerte sein Glas in einem Zug und war mit sich und der Welt im Großen und Ganzen einverstanden.

*

Was Kämmerlein, je länger er sich damit beschäftigte, umso weniger verstand, war Marlies' Lebenslauf. Wenn sie fünf Jahre gearbeitet hatte, sechs Jahre arbeitslos gewesen war und zwei Jahre krank, dann konnte sie unmöglich siebenundzwanzig Jahre alt sein. Und das waren noch die harmloseren Ungereimtheiten, die man zur Not als Schätzfehler abtun konnte. Aber Marlies' Fall war komplizierter. Ihre biografischen Angaben waren nicht nur ungenau, sie ergaben schlicht und ergreifend keinen Sinn – es sei denn einen monströsen. Zum Beispiel hatten ihre Kinder nicht nur verschiedene Erzeuger, darauf hatte ihn die Alsbeck ja schon vorbereitet, aber den Unterlagen zufolge hatte Sabrina für sich ganz alleine gleich mehrere Väter. Sie hatte einen kirchlichen, einen sozialamtlichen, einen schulischen Vater und einen, der besser ungenannt blieb. Unklar war auch ihr Alter. Es schwankte zwischen zwölf und vierzehn Jahren. Immerhin variierten Alter und Vaterschaft parallel, insofern war eine gewisse Logik zu erkennen, aber diese Logik ergab keinen Sinn. Das Sozialamt hielt Sabrina für die Tochter eines Schaustellers, der ungefähr seit ihrer Geburt wegen eines körperlichen Gebrechens an der Ausübung seines Gewerbes gehindert war und deshalb auch seinen Unterhaltspflichten nicht nachkam. Ihren Unterhaltspflichten entzogen sich auch die anderen sechs potenziellen Väter der drei Kinder – ein Sachverhalt, der Kämmerlein besonders beeindruckte und ihn dazu veranlasste, Marlies so behutsam wie möglich auf die ungeklärten Vaterschaftsverhältnisse anzusprechen. Nicht behutsam genug. Kämmerleins zaghafte Frage hatte einen jener seltenen Momente zur Folge, in denen Marlies aus ihrer an Lähmung grenzenden Verzauberung erwachte und eine panische Entschlossenheit an den Tag legte. »Mir braucht keiner zu helfen, ich komm auch alleine zurecht«, stieß sie hervor und stopfte die amtlichen Dokumente, unbezahlten Rechnungen, Mahnschreiben, Zahlungsbefehle und sonstigen Gerichtsbeschlüsse, die Kämmerlein nach Vorgang und Dringlichkeit geordnet auf dem Küchentisch ausgebreitet hatte, wieder in die Plastiktüte zurück, aus der er sie entnommen hatte.

*

Tanja musterte Hassan, und die Art, wie sie ihn musterte, gefiel ihm gar nicht. Natürlich war er nervös. Er hatte ja auch allen Grund, nervös zu sein. Was sollte das denn heißen: nicht so kleinkariert. Blödes Gerede. Es fehlte nicht viel, dann würde der Chef ihm die Pistole auf die Brust setzen. Wer noch ganz bei Trost ist, der wird nervös in so einer Situation. Aber was machten die beiden sogenannten Kreativen? Der eine protzte mit irgendwelchen geheimnisvollen Löchern und der andere tat, als ginge ihn die ganze Geschichte nichts an. Der hing den lieben langen Tag an der Bar herum, mit einer Arroganz und Selbstgefälligkeit … Wenn er sich wenigstens ein bisschen bemühen würde.

Max sei im Moment nicht so in Stimmung, sagte Tanja.

Nicht in Stimmung! Im Moment! Ja, wie lange sollte der Moment denn noch dauern? »Er könnte es ja wenigstens mal versuchen.«

»Man kann die Intuition nicht erzwingen«, erklärte Tanja und fügte vorwurfsvoll hinzu: »Wie du dir das vorstellst.«

»Wir werden hier aber fürs Arbeiten bezahlt«, beharrte Hassan.

»Das musst du gerade sagen, gerade du. Rennst den ganzen Tag mit diesem lächerlichen Morgenmantel durch die Gegend und redest von Arbeit.«

Was! Hatte sie lächerlich gesagt? Das war ja wohl … Diese Frau hatte ihn einen Prinzen genannt, einen Märchenprinzen, aus Tausendundeiner Nacht!

»Jetzt sag bloß, du trägst das Ding nur, um mir zu gefallen.«

Tanja schüttelte den Kopf. »Mein Gott, tust du immer alles nur, um anderen zu gefallen? Hast du denn an dir nichts Eigenes?«

Oh doch, Hassan hatte etwas Eigenes. Er bestand nicht nur aus Fassade. Aber jetzt, da die Fassade bröckelte: Was kam da zum Vorschein? Da kam ein Hassan zum Vorschein, der wie ein aufgescheuchtes Huhn zur Tür rannte, sobald er der Limousine des Chefs auf der Anfahrt gewahr wurde. Dieser Hassan hatte wenig Ähnlichkeit mit einem arabischen Sultan. Wie er um den Chef herumwieselte und hektisch auf ihn einredete! Das hatte so gar nichts Majestätisches an sich und erinnerte mehr an das devote Benehmen einer widerlichen Hofschranze. Da hatte Tanja der alte Hassan aber entschieden mehr zugesagt.

»Ach übrigens, ich schlafe heute Nacht bei Max«, sagte sie im Weggehen und rechnete mit einem Ausbruch dieser typisch südländischen Eifersucht.

Doch Hassan zwinkerte nur nervös und schien plötzlich etwas zu begreifen. »Ja, ja, gut, schlaf bei ihm. Hauptsache, du kriegst ihn rum.«

»Oh Mann«, dachte Tanja, »mit so einem bin ich ins Bett gegangen, und es hat mir auch noch Spaß gemacht.«

15
Ah, Frühling!

Die Sonne lachte am Himmel. Der Himmel lachte auch. Max riss das Fenster auf. Ah! Frühling. Diese Farben! Dieses Gezwitscher in den Zweigen! Dieser Morgenduft! Fehlte nur noch, dass irgendwo ein Hahn krähte. Warum eigentlich nicht? Max schlug mit den Ellbogen wie mit Flügeln und krähte. Im Bett lag Tanja und lachte. Schon bekam sie einen nassen Kuss auf die Nase und wurde durchgeschüttelt. Krähend hüpfte Max auf dem Bett wie auf einem Trampolin. Fast hätte er das Bett mit einem Salto verlassen, doch dann begnügte er sich mit einem kraftvollen Sprung. »Auf, auf zu großen Taten!«, rief er und klatschte in die Hände. Er schlüpfte in seine Sachen und alsbald schallte seine Stimme durchs Haus. »Harry!«

Eine starke, volle, optimistische Stimme war das. Der Zeugung und Geburt genialer Ideen stand von Max' Seite aus jetzt nichts mehr im Wege. Zu seiner Überraschung musste er nun aber feststellen, dass es da doch ein Problem gab – oder vielmehr: Es gab zwei Probleme. Das erste Problem war Harry. »Gedanken macht man sich nicht, Gedanken machen sich selbst«, sagte der nämlich, als Max ihn endlich aufgetrieben und mit den Worten »Wir müssen uns mal ein paar Gedanken machen« aus seinen Gedanken gerissen hatte.

Dieses erste Problem war indes kein sehr schwieriges Problem. Max löste es, indem er sagte: »Quatsch nicht rum, faule Socke! Komm hoch, die Sonne scheint!«

Dagegen war schlecht argumentieren, zumal Max auch sonst eine Entschlossenheit an den Tag legte, der mit Argumenten unmöglich beizukommen war. So verzichtete Harry auf weiteren Widerspruch und schloss sich dem kreativitätsfördernden Spaziergang an, den Max ihnen verordnet hatte. Seine verbale Teilnahme an diesem Spaziergang beschränkte sich freilich auf Äußerungen wie »Hm«, »Kann schon sein«, »Na ja«, »Was weiß ich?«.

Diese für Harry eigentlich recht untypische Einsilbigkeit störte den Gesprächsfluss aber kaum, denn statt seiner redete Max umso mehr. Was immer ihm an diesem Morgen vor die Augen kam, war reizend und zauberhaft und anscheinend war Max der Ansicht, dass alles auch ausdrücklich dafür gelobt werden wollte. Die Sonne wollte gelobt werden für die entzückenden Lichtpfützen, die sie mithilfe der noch recht spärlich belaubten Bäume auf den Weg malte. Die Wiesen wollten gelobt werden für ihr zartes Grün, der Löwenzahn für sein kräftiges Gelb.

»Schau nur, ein Maikäfer!«, rief Max gerührt, als er einen Marienkäfer entdeckte. Er ließ das Tier über seinen Handrücken krabbeln und versicherte ihm, ein Frühling ohne Maikäfer sei eigentlich gar kein richtiger Frühling. Zum Sinnbild des Lebens ernannte er die halb geöffneten Knospen eines Kastanienbaums, und als sie eine Pferdekoppel passierten, bescheinigte er den Tieren eine ganz außergewöhnliche, geradezu erotische Mischung aus Kraft und Eleganz, die sich besonders an den Schenkeln zeige. »Stell dir diese Schenkel nur mal mit schwarzen Nylonstrümpfen vor und mit Strapsen«, flüsterte er. »Wäre das nicht wahnsinnig erotisch?«

Harry stellte sich die Pferde mit schwarzen Strümpfen und Strapsen vor. Er zog ihnen in Gedanken auch noch Stöckelschuhe an, sagte »Na ja« und schwieg.

Max schwieg nicht, denn er hatte einen Schwarm Mücken entdeckt und erkannt, dass die Mücken einen Freudentanz aufführten, wie überhaupt alles einen Freudentanz aufführe an diesem Morgen. Die ganze Natur tanze. Sogar die Spaziergänger, die ihnen über den Weg liefen, schienen ihm heute freundlicher zu blicken als sonst.

»Ach, das ist der Frühling, die Morgenluft, der Rausch des Anfangs«, sagte er und mochte recht damit haben. Doch was einen Anfang hat, hat gewöhnlich auch ein Ende, und so endete auch dieser Spaziergang, von dem Max zwar einen großen Strauß Frühlingsblumen mit heimbrachte, aber keine einzige brauchbare Idee. Das war das zweite Problem.

Selbstverständlich gab es Erklärungen. Zum Beispiel waren sie ja nicht mehr so in Übung wie früher und außerdem war ihnen auf dem Spaziergang auch wirklich rein gar nichts begegnet, was auch nur eine Spur von verbesserungsbedürftig gewesen wäre. Aber keine Sorge. »Take it easy«, sagte Max. »Das wird schon.«

Tanja glaubte ihm und freute sich über die Blumen. Allerdings wurden nach dem dritten kreativitätsfördernden Spaziergang nicht nur die Blumenvasen knapp, sondern es begann an Tanja auch etwas zu nagen, das sich ab dem vierten ergebnislosen Spaziergang zu einem kapitalen Selbstzweifel auswuchs, der sie nach dem sechsten »Ich bin euch eine schöne Muse« sagen ließ.

»Wie?« Der resignative Tonfall in Tanjas Stimme ließ Max aufhorchen.

»Ich dachte«, begann Tanja, »also ich meine, ich könnte, ich wäre …«

Das Schicksal nahm seinen Lauf. Max hob die Hände, aber er konnte, was jetzt kam, nicht mehr aufhalten. Die große, die starke, die schöne Tanja, die Tanja mit den großen Händen und den großen Füßen, die war auf einmal so kleinlaut und der Sternchenblick war erloschen. Ja wusste sie denn nicht, was sie anrichten konnte?

Zu spät. Der Realitätssinn, dieses kleine, ätzende Monster, dieser gelbe Gnom, hatte sich ihrer bemächtigt und würde sie nicht mehr aus seinen klebrigen Pfoten lassen, bis die Wahrheit heraus war. »Ich dachte«, sagte sie – nein, sagte das kleine gelbe Monster in ihr, »ich dachte wirklich, ich wäre eine Art Muse und könnte einen Menschen, ich meine dich, über sich hinauswachsen lassen, aber Scheiße, ich bin keine Muse, absolut nicht, ganz im Gegenteil, ich bin eine Hexe, die Gift streut, ach Quatsch, ich bin einfach nur eine dumme Gans, die von Tuten und Blasen keine Ahnung hat und immer nur Unheil anrichtet. Früher, bevor ich mich in euer Leben eingemischt habe, hat es euch nie an Ideen gefehlt, damals in der Katinka.«

»He, Katinka«, rief Max. »Das ist es. Back to the roots!« Ein zur Luxusvilla ausgebautes niederrheinisches Landhaus mochte ja viele Annehmlichkeiten aufweisen, als »Centro Creativo« war es aber vielleicht doch nicht so ganz der richtige Rahmen.

*

»Mann, das sieht ja aus wie ein Bunker!«, sagte er anderntags, als er und Harry am Standort der ehedem so inspirierenden Baustelle ankamen. Die Baustelle war verschwunden und hatte ein Bauwerk hinterlassen, das tatsächlich an einen Hochbunker aus dem Zweiten Weltkrieg erinnerte. »Da drinnen passiert irgendwas mit Musik«, sagte Harry, der näher an die Schilder am Eingangsportal herangetreten war. »Da ist auch noch was mit Werbung, Agentur oder so … Und hier steht: ‚Innovationsinkubator für junge Existenzgründer‘ … keine Ahnung, was das jetzt wieder ist.«

Max stand vor der riesigen verschlossenen Glastür und spähte

nach einer Lichtschranke. »Scheint nicht viel los zu sein dadrin.«
Er trat einen Schritt vor und wieder zurück, aber es tat sich
nichts. Die Tür blieb geschlossen. Er schaute an der kahlen Fassade hoch und schüttelte den Kopf. Dieses Monstrum war über
alle Maßen hässlich, und es wurde offensichtlich auch für nichts
wirklich gebraucht. An die Silberstein'sche Zweckbestimmung
als Leuchtturm dachte Max in diesem Moment nicht. Wie hätte er daran auch denken sollen? Das Bauwerk hatte nichts von
einem Leuchtturm, weder im buchstäblichen noch im übertragenen Sinne.

»Abreißen«, schlug er schließlich vor, was zwar an sich keine
schlechte Idee war, aber auch keine besonders originelle und bestimmt keine, die dem Chef der Firma »Hoch und Tief – Bauen für die Umwelt« Freude gemacht hätte. Max und Harry ließen das Bauwerk Musikbunker, Innovationsinkubator oder was
auch immer sein und begaben sich in die Katinka.

Als sie sich dem Stragierowitz'schen Kiosk näherten, hörten
sie eine Frau »Die sind doch nicht mehr gescheit« plärren. »Mit
dem bisschen Geld vom Sozi kann doch kein Mensch Diät leben«, schimpfte sie. Außer ihr hielten sich am Kiosk nur Männer auf. Die Frau sah aus, wie man sich eine nette kleine dicke
Oma vorstellt, nur dass der ausgeleierte Trainingsanzug nicht
recht ins Bild passte und ihre Wasserfüße in zerschlissenen
Plastiklatschen eingequetscht waren.

»Ich weiß nicht, wer so was immer ausrechnet. Wenn ich
höre, was die hohen Herren im Bundestag für Diäten kriegen
… Tausende kriegen die. Da könnte ich auch Diät leben von.«

»Aber Trudchen«, sagte einer der Männer, »die kriegen das
nicht wegen Zucker oder so.«

»Das ist doch die größte Sauerei«, ereiferte sich Trudchen,
»die haben überhaupt nichts und kriegen trotzdem so viel Diätgeld?«

Der Mann neben ihr stieß sie in die Seite. »Sieh mal, da kom-

men deine Vorgänger. Die waren früher in eurer Wohnung drin.«
Jetzt war es plötzlich sehr still. Nur Erwin Stragierowitz sagte
etwas. Er sagte: »Guten Tag, die Herren, bitte!« Das klang, als
hätte er sie noch nie zuvor gesehen.

Max und Harry blickten sich verdutzt an. »Na Professor?«
– okay. »Na Meister« wäre auch noch gegangen. Aber »Guten
Tag, die Herren, bitte« …? Fehlte nur noch, dass er »Was darf es
denn sein?« sagen würde.

»Was kann ich für Sie tun?«, fragte Erwin Stragierowitz.

»Ja, ehm … nein, nichts«, erwiderte Harry.

»Tut mir leid, nichts ist alle. Kriegen wir nächste Woche wieder rein.«

Max versuchte zu lachen, aber es gelang ihm nicht. Er wäre
auch der einzige gewesen, der gelacht hätte. Einige Männer
grinsten zwar, das Grinsen hing ihnen aber ziemlich schräg in
den Gesichtern und wirkte nicht sehr anheimelnd.

»In die Wohnung kommt ihr aber nicht mehr rein, da bin ich
jetzt drin«, schrie ihnen die Frau hinterher, als sie aus dem Pulk
heraus waren.

16
Besoffenheit ist das eine, ein guter Rausch etwas ganz anderes

Ein hartgesottener Profibulle, der eiskalt seinen einsamen Job erledigt und Aussichten hat, von einem elfjährigen Nachwuchsmafioso ernst genommen zu werden, ist das eine; ein engagierter Sozialarbeiter etwas anderes. Kämmerlein hatte versucht, beides unter einen Hut zu bringen, und war daran gescheitert. Wozu taugt ein Sozialarbeiter, wenn dessen Widersprüche vom Sozialamt einfach abgelehnt werden? Und wie hartgesotten ist ein Profi, wenn der dann kopfschüttelnd den Ablehnungsbescheid anstarrt und immer nur »Versteh ich nicht, versteh ich einfach nicht« jammert. Jawohl, jammert. Kämmerlein hatte gejammert, und es war ja auch zum Jammern. So geschliffen hatte er den Widerspruch formuliert. So stolz hatte er ihn vorgelesen. Und dann das! »Teilen wir Ihnen mit … laut BSHG, Paragraf soundso …« Diese Drecksäcke, diese verdammten Drecksäcke! Was war das für ein Staat, der ausgerechnet den Ärmsten der Armen das Kleidergeld vorenthalten wollte? Den Amtsarsch, der das geschrieben hatte, den müsste man … Dieser Mistkerl hatte doch keine Ahnung. Was wusste der denn von dem Leben der Menschen, über deren Wohl und Wehe er zu befinden hatte? Was wusste der denn in seiner grenzenlosen Arroganz? Arroganz? Ach was – Abstumpfung! Weltfremdheit! Kleinkariertheit! Kälte! Ignoranz!

Borniertheit! Solche Leute müsste man am Kragen packen und hinter ihren Schreibtischen hervorzerren. Und dann müsste man sie in die Katinka schleppen und hineinstoßen in die muffigen Wohnungen mit den feuchten Wänden und den zerrissenen, durchhängenden Tapeten, den kaputten Fenstern, dem armseligen Mobiliar und den stinkenden, qualmenden Kohleöfen. So müsste man mit diesen sauberen Herren umspringen, hatte Kämmerlein gedacht und doch nichts dergleichen getan. Mutlos hatte er die Arme sinken lassen und »Versteh ich nicht« gejammert.

Patrick hatte umso besser verstanden und darum in einer überraschend freundlichen Regung »Mach dir nichts draus« gesagt. Allem Anschein nach hatte der Junge nichts gegen Versager und war des Mitleids fähig. Er, Patrick, hätte es auch nicht besser gekonnt, hatte er Kämmerlein getröstet. Das musste man sich einmal klarmachen: Patrick – elf Jahre alt, Schmuddelkind, unehelich, Sonderschule – hatte Mitleid mit Kämmerlein – Kommissaranwärter, Vollabitur, wohnhaft bei seiner Mutter. So lagen die Dinge. Nein, nicht so! Quatsch, alles Quatsch. Dummes Geschwätz. Er, Kämmerlein, hatte sich der Katinka und ihrer ärmsten Bewohner angenommen, und zwar aus Mitleid! So rum war das Verhältnis. Er sich ihrer, nicht umgekehrt.

*

Ebenso wenig wie Kämmerlein ein hartgesottener Profi war, war Tanja eine Muse. Was immer ihre Nasenküsse für Max bedeutet haben mochten, Musenküsse waren es jedenfalls nicht. Aber wenn Tanja auch keine Muse war, so war sie doch praktisch veranlagt und aktiv. Muse hin, Muse her – Tanja haderte nicht lange mit sich und ihrer mangelnden Musenqualifikation – alles Quatsch, sie traf Entscheidungen. Erstens: Hassan habe dafür Sorge zu tragen, dass Max und Harry gegen den Chef zuverlässig abgeschirmt würden.

»Aber das tue ich doch schon die ganze Zeit.«

Tanja überhörte die Bemerkung. Zweitens: Der aufreibende Lebenswandel sei ihnen nicht bekommen, darum werde die Innovationsabteilung ab sofort für jeglichen Publikumsverkehr gesperrt. Tanja überhörte auch Harrys Proteste. Drittens: Max und Harry hätten sich vollkommen verkrampft und müssten sich erst einmal wieder entkrampfen.

»Findest du mich verkrampft?«, wollte Max wissen.

»Ja.«

»Ach, und ich dachte …«, begann er und wirkte jetzt in der Tat etwas verkrampft.

»Macht nichts!«, sagte Tanja, denn es gab ja in dem sozialen Wirbel, dessen Zentrum sie war, glücklicherweise einen Bekannten, der sich seit Jahren mit Atemtechnik und Meditation befasste. Wenn überhaupt jemand dem Problem gewachsen war, dann diese Kapazität auf dem Gebiet der Entspannung und inneren Ausgeglichenheit, die Tanja Klausi nannte, Max und Harry aber von Anfang an nicht Klausi nennen wollten. Zunächst sagten sie einfach »er«, wenn sie von ihm sprachen. Später wurde »der Wassermann« daraus, aber das war zu einer Zeit, da Klausi mit seinen Bemühungen schon so gut wie gescheitert war.

Weder die beschwörenden Worte des Meisters noch die meditativen Sphärenklänge, die auf seine Anweisung hin das Klein'sche Landhaus durchwogten, nicht die angeblich entspannenden Düfte und erst recht nicht die vermeintlich konzentrationsfördernde Nahrung vermochten Max' und Harrys Erfindungsgabe zu reaktivieren. Stattdessen zeitigte Klausis Therapie durchaus kontraproduktive Effekte. Harry fiel bei seinen Meditationsversuchen jedes Mal in einen tiefen traum- und innovationslosen Schlaf und Max' Verspannung verschlimmerte sich in einem derart besorgniserregenden Maße, dass Tanja sich schließlich gezwungen sah, ihren guten alten Bekannten wieder aus dem »Centro Creativo« hinauszukomplimentieren.

*

»Besoffenheit ist das eine, ein guter Rausch etwas ganz anderes!« Früher hatte Max genau gewusst, worauf es bei einem guten Rausch ankam, und nun, da der meditative Zinnober endlich gescheitert und ausgestanden war, besann er sich auf dieses Wissen zurück. Es gebe da einen ganz bestimmten Punkt, den könne man leicht verfehlen, aber wenn man ihn treffe, dann sei genau jener Grad der Berauschung erreicht, der dem kreativen Vermögen die optimalen Voraussetzungen biete. Ein guter Alkoholspiegel sei besser als autogenes Training, Yoga und all der andere höhere Blödsinn zusammen. Wie er das nur hatte vergessen können! Ein wohltemperierter Rausch, nicht zu mild, aber auch nicht zu extrem, ein Rausch wie in alten Zeiten – das war es, woran Max fortan arbeitete.

Harry, der mit Haschisch, Fliegenpilzen, Kokain und diversen anderen teils aufputschenden, teils bewusstseinserweiternden Drogen zu experimentieren begonnen hatte, beobachtete Max bisweilen und dann beunruhigte ihn sehr, was er da sah. Flucht in den Alkoholismus nannte er das.

»Völlig zu Unrecht«, empörte sich Max. In Wahrheit habe Harry allen Grund, sich an die eigene Nase zu fassen – im übertragenen und im buchstäblichen Sinne. Harrys Drogenkonsum sei völlig wahllos und eben deshalb ungemein gefährlich. Dagegen greife er, Max, auf Altbewährtes zurück und habe lediglich das Gefühl für die richtige Dosierung noch nicht wiedergefunden.

Immerhin einhellig waren sie von der Dampfzigarette zur Nikotinzigarette zurückgekehrt, und zwar in einem besorgniserregenden Ausmaß, wie Tanja angesichts überquellender Aschenbecher befand. Sicher, die Aschenbecher konnte man ausleeren, aber: abgebissene Fingernägel, strähniges Haar, ungesund gelblicher Teint, glanzlose Augen, dunkle Ränder, eingefallene Wangen – Max und Harry waren ja nur noch ein Schatten ihrer selbst!

Genauso wie Tanja bemerkte auch Hassan die neueste Entwicklung, und so verschwand erst ein elektronisches Gerät, dann noch ein elektronisches Gerät, dann noch eins. Die technische Ausstattung der Innovationsabteilung wurde von Tag zu Tag lückenhafter, und auch die Bestände in der Bar dezimierten sich mit einer Geschwindigkeit, die durch Max' exponentiell ansteigenden Alkoholkonsum allein unmöglich zu erklären war. Um es offen zu sagen: Hassan räumte aus. Jawohl, er rettete, was zu retten war, und wer wollte ihm das verübeln. Seine schlimmsten Befürchtungen hatten sich bestätigt. Jetzt hieß es an die Zukunft denken. Das Leben ging schließlich weiter. Hassan hatte nicht die Absicht, als tragischer Held zu enden. Das war was für Romantiker. Hassan war kein Romantiker, auch wenn er sich auf die romantischen Bedürfnisse anderer Leute verstand. Aber jetzt war keine Zeit mehr für Romantik. Das Spiel war so gut wie verloren, und darum reduzierte sich sein Interesse an der Innovationsabteilung zusehends auf Wiederverkaufswerte.

Von der Zukunftssicherung derart in Anspruch genommen, vernachlässigte er freilich in eklatanter Weise seine Abschirmpflichten betreffs der Räume, in denen Max und Harry sich ebenso drogenunterstützt wie erfolglos das Hirn zermarterten. So kam es, wie es kommen musste ...

Den Sachwerteschwund bemerkte der Chef nicht, noch nicht, aber ihm kamen doch Zweifel an Hassans Kompetenz in Personalangelegenheiten, als er die Innovationsabteilung, vertreten durch Max und Harry, in einem wahrhaft bejammernswerten Zustand antraf. Der eine riss die Augen auf, als hätte er eine Erscheinung, der andere lag schlafend auf einem Ses-

sel und machte widerliche Geräusche. Wann hatten die sich
eigentlich das letzte Mal gewaschen?

*

Was macht ein Kommissaranwärter auf den Rheinwiesen
nachts um halb drei? Was hockt der sich ans Ufer und starrt auf
die schwappende Brühe? Was sagt dem die träge Brandung …?
Sie sagte blubs, immer nur blubs. Blubs, blubs, auf alle Fragen
blubs. Der Magnetismus der dunklen Augen, was war das für
eine seltsame Kraft? »Blubs«, murmelte die Brandung. Warum
wurde ihm so warm, wenn er daran dachte, und dann manchmal
auch wieder eiskalt? Blubs. Die Tabletten, die Marlies schluckte! Blubs. Die verschwundenen Väter ihrer Kinder. Was war mit
denen? »Blubs, blubs«, antwortete die Brandung, sonst nichts.
   Etwas Flinkes raschelte im Gras. Achtung! Ratte! Wasserrat-
te oder so. Besser, man stand auf. Ekelhaft. Kommissaranwärter Kämmerlein kletterte die Uferböschung hinauf, suchte und
fand einen flachen Stein zum Sitzen. Am Himmel stand der
Mond, er spiegelte sich im Wasser. – Ob es das gab, Schicksal?
Man ging seiner Wege und dachte an nichts Böses und dann,
auf einmal: das Schicksal. Dabei wussten sie kaum etwas voneinander, jedenfalls nichts Sicheres. Klar, Marlies musste wohl
mal eine ziemlich turbulente Zeit erlebt haben, das wusste er.
Allerhand Männer. Wieso war sie überhaupt mit einem Artisten zusammen gewesen? Ausgerechnet mit einem Artisten. Zir-
kusmilieu oder so. – Mama!
   Kämmerlein sprang auf. Mama musste natürlich immer alles
ganz genau wissen. Wo er sich rumtreibe! Was sollte die Fra-
gerei? Brauchte sie wieder was, worüber sie sich das Maul zerreißen konnte? Das fehlte gerade noch. Nein, kein Wort, kein
Sterbenswort. Wie sie das alles in den Dreck ziehen würde! Das
wäre ein gefundenes Fressen für Mama. Ha! Sie würde Mar-

lies eine ausrangierte Nutte nennen. Jawohl, ausrangierte Nutte, leichtes Mädchen, Flittchen – ohne sie überhaupt zu kennen … typisch Mama … boshaft und eigensüchtig. Ausrangierte Nutte … Oha! Das sollte sie nur mal wagen. Dann wär aber was los. Dann wär Schluss, endgültig … aus … Ende. Dann hätte sie keinen mehr. Mutterseelenallein wäre sie dann. Mutterseelenallein. Auch so ein Wort von ihr.

17
Eine Mafia von falschen Freunden und sogenannten Helfern

Vorgesetzten nachspionieren war eigentlich nicht seine Art. Doch als Kommissar Ott in Weimars Büro von diesem für einen Augenblick allein gelassen worden war und auf dem Schreibtisch einen imposanten Turm hochwissenschaftlich anmutender Druckwerke erblickte, fragte er sich natürlich, um was es da wohl gehe. Den Buchtiteln nach zu urteilen, hatte Weimar das gesamte Wissen der Kommissariatsbibliothek zum Thema mafiose Strukturen und organisiertes Verbrechen auf seinem Schreibtisch deponiert. Ott ahnte, was Weimar zu der Lektüre veranlasst hatte. Als der Hauptkommissar ihm die Liste der Personen, die von Kämmerlein beim Betreten des verdächtigen Anwesens fotografiert worden waren, gezeigt hatte, da waren seine Überlegungen angesichts dieser ungewöhnlichen Mischung aus millionenschweren und dubiosen Existenzen genau in die gleiche Richtung gegangen wie die, in die allem Anschein nach auch Weimar dachte. Im Unterschied zu diesem hatte Ott jedoch in einem rigorosen Akt der Selbstzensur den unerhörten Gedanken sofort wieder aus seinem Bewusstsein verbannt.

Jetzt schnalzte er mit den Lippen und beugte sich über das Buch, das aufgeschlagen auf dem Schreibtisch lag. Jemand, vermutlich Weimar, hatte »Stimmt genau!« an den Rand gekritzelt. Was stimmte genau? Ott las die angeblich so zutreffende Textstelle und fühlte sich in seinen schlimmsten Befürchtungen bestätigt. »Mafiose Strukturen« hieß es da, hätten »seit Al Capones Zeiten gleichsam einen Prozess der Zivilisation durchlaufen« und seien dadurch »auch für Personen mit einer vergleichsweise geringen kriminellen Energie moralisch akzeptabel geworden sowie auch für Personen, die wegen ihrer hohen gesellschaftlichen Stellung mit verbrecherischen Handlungen gewöhnlich nicht in Verbindung gebracht werden.«

Das war in der Tat beunruhigend, zumal Kommissar Ott im kommissariatsinternen Spiel der Kräfte für die mäßigende Seite zuständig war. Kämmerlein war schon ausgeflippt und wenn jetzt auch noch der Hauptkommissar …

Ott lauschte. Die Klotür ging, eilige Schritte auf dem Korridor. Er setzte sich wieder hin und blätterte in seinem Notizbuch.

Die Tür sprang auf, der Hauptkommissar stürmte herein. »Was ich dir noch zeigen wollte, Franz-Joseph –« Weimar setzte sich an seinen Schreibtisch, öffnete eine Schublade und entnahm ihr einen Packen Fotos. »Sieh dir diese …«, er zählte die Fotos durch, »sechzehn Bilder mal an.« Er reichte Ott die Fotos über den Tisch.

»Fällt dir was auf?«

Ott musterte den Packen. »Waren schon mal mehr«, knurrte er.

»Stimmt. Und sonst?«

»Das auf dem einen Foto bist du.«

»Stimmt auch. Aber wenn du auf die Aufnahmezeiten achtest, dann wirst du noch was Interessanteres feststellen. Dann wirst du nämlich feststellen, dass die Aufnahmezeiten pro Tag drei bis höchstens fünf Stunden auseinanderliegen. So, und jetzt rate mal, wer mich heute Morgen mit seinem Anruf beehrt hat.«

»Keine Ahnung.«

»Der Kämmerlein'sche Hausdrachen höchstpersönlich. Die unwiderstehliche Frau Mama unseres jungen Kollegen hat mir mit einer Dienstaufsichtsbeschwerde gedroht. Die vielen Sonderschichten seien unerhört. Sie hat wirklich ‚unerhört‘ gesagt.«

»Was für Sonderschichten?«

»Eben. Die Frage stelle ich mir auch. Das Bürschchen verkürzt seine Arbeitszeit auf höchstens fünf Stunden pro Tag und erzählt seiner Mama was von Sonderschichten – na, was schließen wir daraus?«

»Treibt sich rum, würde ich sagen.«

»Richtig. Aber wo treibt er sich rum und aus welchem Grund?« In Hauptkommissar Weimars Augenwinkeln blitzte der Scharfsinn.

»Tja, wer sich in was reinziehen lässt …«

Weimar malte spiralförmige Linien auf ein Blatt Papier. »Ich hätte ihn ja nie auf den Fall angesetzt, wenn ich gewusst hätte, was da auf uns zukommt – viel zu heikel für einen Anfänger.« Er blickte auf die Zeichnung und zog dabei ein Gesicht, dass Ott weniger an einen alten Fuchs als an einen hinterhältigen Schakal denken ließ. »Übrigens habe ich gestern versucht, mich noch mal unter die Gäste zu mischen, war ja letztens überhaupt kein Problem. Aber denkste! Die sauberen Herrschaften wollen jetzt lieber unter sich bleiben.« Weimar betrachtete die Zeichnung, warf plötzlich den Kugelschreiber hin und schlug mit der flachen Hand auf die Tischplatte. »Alter Schwede, der Countdown läuft. Ich weiß zwar noch nicht, was, aber da spitzt sich was zu. Einer wie ich hat das im Urin.«

Kommissar Ott seufzte. »Nichts wird so heiß gegessen, wie es gekocht wird«, gab er beruhigend zu bedenken. Man hüte sich vor voreiligen Schlüssen.

»Stimmt«, sagte der Hauptkommissar. Die plötzliche Klausur der Verdächtigen konnte vielerlei Gründe haben und ließ sich stichhaltig kaum anders aufklären als durch eine Intensivobservation am Ort des Geschehens. Diese Observation war angesichts der Größe des Anwesens nur durch Betretung desselben und damit unter Missachtung der Unverletzbarkeit des Eigentums durchführbar. Er dachte kurz daran, die Aktion durch einen richterlichen Beschluss legitimieren zu lassen, musste den Gedanken aber mangels einer wasserdichten Begründung sofort wieder verwerfen. Er konnte gegenüber dem Richter ja schlecht auf seinen Urin verweisen.

*

Aus polizeistrategischen Erwägungen und um Otts Bedenken zu unterlaufen, verlegte Weimar den Rechtsbruch, den er insgeheim »Aktion schwarzes Loch« nannte, in seine dienstfreie Zeit. Die Unverletzbarkeit des Eigentums missachtend, überwand der zum Schakal gereifte Fuchs eine nicht sehr hohe Mauer, erschlich – alles Buschwerk als Deckung nutzend – das Haupthaus und fand erleichtert seine Vermutung bestätigt, dass es auf dem Gelände keine bissigen Wachhunde gab.

Obgleich Weimar äußerst umsichtig zu Werke ging, bewirkte seine Intensivobservation doch, da er sie überwiegend an den Fenstern durchführte, dass Heribert Klein sich seltsam beobachtet fühlte, als ihm endlich der Kragen platzte und er mit aller Wucht, die ihm als Pykniker zur Verfügung stand, das Wort »Genug!« gegen Hassan schleuderte.

Durch diesen Schlag vollends von einem arabischen Sultan in einen geprügelten Hund zurückverwandelt, setzte Hassan vorsichtig, ganz vorsichtig zu einer Rechtfertigung an, doch die Miene seines Herrn gebot ihm, den Mund zu halten. Schweigend ließ er die Vorwürfe und Mutmaßungen über sich ergehen.

Wo denn die ganz große Innovation bleibe, an der hier angeblich gearbeitet würde, fragte der Chef, in dessen Gesichtszügen sich die erwartungsfrohe Spannung von einst zu einem aggressiven Misstrauen hässlich verzerrt hatte. Für wen Hassan und seine Leute in Wahrheit tätig seien, wisse er nicht, er könne es sich aber denken. Schließlich sei er nicht blöd. Blöd sei er nicht. Für wen auch immer hier gearbeitet werde, jedenfalls nicht für die Firma, auf deren Gehaltsliste sie stünden, noch stünden – vielleicht für eine andere.

»Vielleicht für eine andere«, wiederholte der Chef in einem Ton, der Weimar noch einen Schritt weitergehen und an eine ganz andere Firma denken ließ. An »die« Firma dachte Weimar, soweit seine Lage Denken überhaupt zuließ, denn ein dorniger Rosenzweig hatte sich in seinem Gesichtsfleisch schmerzhaft verfangen. Außerdem war es spät und recht kühl geworden.

*

Der Chef war jetzt nicht mehr zu halten. Ob sie sich seine Lage überhaupt vorstellen könnten! Aber nein, das könnten sie natürlich nicht. Woher auch? Er habe sie ja niemals behelligt mit seinen Sorgen und den Sorgen der Firma – jener Firma, die ihnen wahrlich alle nur denkbaren Vergünstigungen eingeräumt habe. Alle Vergünstigungen. Sogar sein Landhaus habe er ihnen großzügig überlassen. Ob sie sich etwa beklagen wollten!

»Aber nein«, sagte Tanja, die leise eingetreten war.

Der Chef fuhr herum. »Aber ich«, sagte er und traf dabei ziemlich genau den Ton, der die Grenze bildet zwischen Wehleidigkeit und Hass. »Ich habe Grund mich zu beklagen – zum Beispiel über eine Innovationsabteilung, die immer nur Kosten verursacht und nichts einbringt – jawohl, nichts einbringt!«

Die letzten Worte schrie der Chef mit einer Lautstärke, die ein schwaches Weib hätte zurückschrecken lassen und Hassan auch wirklich zurückschrecken ließ. Aber Tanja war kein schwaches Weib. Im Moment war sie Übermutter, große

Schwester oder etwas Ähnliches, das der Chef lange entbehrt hatte. »Nichts einbringt«, wiederholte er mit einer Stimme, die jetzt endgültig ins Wehleidige wegzukippen drohte. Er holte tief Luft und setzte zu einer neuen Schimpfkanonade an, die Tanja jedoch klug ins Allgemeine abzulenken verstand, indem sie einen mitfühlenden Blick aufsetzte und bemerkte, er, der Chef, habe es wirklich nicht leicht. Nein, bestätigte der, leicht habe er es nicht. Im Gegenteil. Sie, Tanja, von den anderen gar nicht zu reden, habe ja keine Ahnung von den Sorgen und Nöten, die ihm des Nachts den Schlaf raubten und am Tag das Herz spüren ließen. Schon dreimal hätten die Ärzte bei ihm eine Herzrhythmusstörung diagnostiziert, und seine Hand zittere manchmal wie bei einem alten Mann. »Dabei bin ich erst Anfang fünfzig«, keuchte er und ließ sich in einen Sessel fallen, wo er kurzatmig um Luft rang.

Tanja trat hinter ihn und strich ihm sanft über die Schultern. »Juniorchef«, sagte der Chef leise. »Fast zwanzig Jahre lang war ich Juniorchef in dieser gottverdammten Firma. Na klar – der Juniorchef, der ist fein raus, was? Der setzt sich ins gemachte Nest. Der hat es ja so gut, der hat ja auch so viele gute Freunde und Helfer, nicht wahr? Der Arsch wird dem hinterhergetragen. Der wird nämlich mal der Chef sein. Darum muss man dem immer unter die Arme greifen und gefällig sein. Damit sich das später mal bezahlt macht. Und wenn der Junior in keiner Patsche sitzt, aus der man ihm heraushelfen kann, auch nicht schlimm, dann stellt man dem ein Bein, damit er in eine hineinfällt. Wer keine Probleme hat, dem kann man leicht welche machen. Grab ihm eine Grube und steh als rettender Engel bereit. So läuft das. So machen sie sich unentbehrlich, diese Retter in höchster Not. ‚Eine neue Generation geht ans Ruder‘, hat der alte Herr gesagt, als er endlich das Feld geräumt hat, und damit hat er mich, den Juniorchef, gemeint. Aber Irrtum, nicht der Juniorchef ging ans Ruder, eine Mafia von falschen Freunden und sogenannten

Helfern hat das Ruder in dieser Firma übernommen.«

Seine Stimme war zuletzt angeschwollen und kippte mit einem seltsamen Kehlenfurz um in ein kratziges Fisteln. »Wenn sich hier jemand ins gemachte Bett gelegt hat ...«, japste er, sein Blick suchte Hassan, der in einem unbemerkten Augenblick aus dem Zimmer entwichen war, »... ich jedenfalls nicht.« Er schluckte, atmete. Seine Stimme senkte sich wieder ins Wehleidige. »In Wahrheit bin ich für die doch ein Nichts, ein notwendiges Übel, ein nutzloser Kostenfaktor.« Erneut schaute er sich um. Außer ihm war nur Tanja im Zimmer. Er richtete sich auf. »Glaubt doch, was ihr wollt«, sagte er und setzte deutlich lauter werdend hinzu: »ich glaube«, und noch lauter, »ich weiß«, und brüllend, »wer hier der nutzlose Kostenfaktor ist!«

In der Eingangshalle standen, vielsagende Blicke wechselnd, Hassan, Max und Harry. Harry kratzte sich den Hals. Ob der Chef jetzt fertig war?

*

Der Chef war noch lange nicht fertig. Er hatte nur mal eben nach Luft geschnappt und legte gleich darauf wieder los.

Hassan, Max und Harry horchten und erfuhren, dass der Chef ursprünglich große Hoffnungen in Hassan gesetzt hatte – Hoffnungen, die sich anfangs sogar zu erfüllen schienen. Jetzt würde sich alles zum Guten wenden, hatte der Chef damals gedacht und leider viel zu spät bemerkt, dass Hassan in schlechte Gesellschaft geraten war. Jawohl, in ganz schlechte Gesellschaft, womit der Chef natürlich nicht Tanja meinte.

Jedenfalls war Hassan in schlechte Gesellschaft geraten und der Chef hatte ein paar falsche Freunde mehr. Aber, na ja, was half's? Damit musste er leben. Seine Schuld. Warum war er auch so vertrauensselig?

»Aber auch falsche Freunde helfen einem, wenn man sie gut

dafür bezahlt. Und habe ich euch etwa nicht genug gezahlt?«

Hauptkommissar Weimar vergaß die Dornen und überlegte, wie viel dies wohl gewesen sein mochte.

»Ein Vermögen!«, stöhnte der Chef. Ein Vermögen habe er zum Fenster hinausgeschmissen, und das in einer Zeit, da die Baubranche auf eine schlimme Krise zusteuere. »– eine hausgemachte Krise«, konnte er sich nicht verkneifen hinzuzufügen, woraufhin Tanjas fragende Miene ihn vollends in eine Richtung lenkte, die man mit »Anwesende ausgenommen« überschreiben könnte.

»In drei Wochen drei geplatzte Aufträge! Kein Fliegenschiss – nein, drei lukrative Aufträge. Und warum? Weil uns die Beamten kaputt machen, diese Sesselfurzer und Schreibtischtäter mit ihrer weltfremden Geschosszahlbegrenzung und Stellplatzverordnung. ‚Soso‘, sagen sie, ‚da soll ein supergroßes Kauf- und Freizeitzentrum hin? Das ist schön. Das schafft Arbeitsplätze, nicht wahr? Aber bitte sehr, Arbeitsplätze für Stahlkocher und Bergleute sollen es sein‘ – Spinner! Bürohengste!«

Heribert Klein streckte alle Gliedmaßen von sich und schüttelte den Kopf. Dann fiel ihm etwas ein, das einen neuen Emotionsschub in ihm auslöste.

»Silberstein!«, schrie er. »Kennst du Silberstein? Der ist überhaupt der Schlimmste von allen. Quatscht ständig von irgendwelchen Riesenprojekten, aber wenn du genau hinguckst, ist das alles nur Dünnschiss. Schau dir doch nur mal an, was aus seinem letzten Superding geworden ist. Rhein-Ruhr-Metropole-2000-plus – dass ich nicht lache! Ein Riesenkasten für nichts. Der Flop des Jahrhunderts. Zwei Drittel stehen leer. Und was lernt er daraus? Was lernt so ein Silberfuzzi daraus? Der lernt gar nichts daraus. Null. Im Gegenteil, er hat schon wieder so ein Quatschding in der Mache. Jetzt sucht er auf einmal Investoren für einen ganz tollen Themenpark. Eine Art Ruhr-Disney-World oder so. Aber …«

An dieser Stelle hielt Klein kurz inne und hob den Zeigefinger, damit Tanja die Pointe nicht verpasste. »Umweltverträglich«, fuhr er fort und sprach das Wort aus wie eine Obszönität, »es darf keine Landschaft verbraucht, kein Boden versiegelt, kein Lärm gemacht, keine Kröte und kein Lurch vertrieben werden. Das alles darf nicht sein. Alles soll so bleiben, wie es ist. Aber die Verkehrsanbindung für täglich, sagen wir mal, so ungefähr dreitausend Autos muss natürlich trotzdem gewährleistet sein. Die muss unbedingt gewährleistet sein, denn es muss ja mal wieder was richtig Großes werden.«

»Aha ... ja ... das ist wirklich blöd«, sagte Tanja und zeigte einen halb mitfühlenden, halb verwunderten Gesichtsausdruck.

»In der Tat«, stimmte Klein zu, »das ist blöd, sogar mehr als blöd. Bescheuert ist das. Große Projekte machen großen Ärger. Das ist nun mal so. Wenn man was Großes, was richtig Großes anpacken will, dann muss man auch die Eier haben, es durchzuziehen und den Ärger auszuhalten. Aber die Eier hat der Silberstein nicht. Und weil er auch nur so ein aufgeblasener Scheinriese ist, sucht er jetzt Investoren für etwas, das erstens groß, zweitens unsichtbar, drittens geräusch- und viertens geruchlos ist. So ein Traumtänzer! Dabei weiß doch heutzutage jedes Kind: Wenn was groß ist und gut läuft, dann ist es auch laut und braucht Platz. Man kann so ein Ding nicht gleichzeitig gigantisch und unsichtbar machen. Das sieht doch ein Blöder. Sowas geht einfach nicht ...«

*

»Doch, das geht!«

Hassan und Max fuhren herum und starrten Harry an. Hatten sie richtig gehört?

»Mir kommt da eine Idee«, sagte Harry und genoss die ungläubig staunenden Blicke der anderen.

»Wie wäre es, wenn man stillgelegte Kohlegruben in große Freizeitzentren umbauen würde?«

Einen Augenblick lang war Stille.

»Tss«, zischte Max dann und schüttelte den Kopf.

Harry ließ sich davon nicht beirren. »Alle Probleme sind mit einem Schlag gelöst: Man sieht nichts, man riecht nichts, man hört nichts, Straßen und Parkplätze sind schon da.«

»Tss«, wiederholte Max. Er hatte einen kurzen Moment lang Hoffnung geschöpft, aber mit so einem alten Hut …

»Wer interessiert sich denn heute noch für Museumsbergwerke?«

Harry schüttelte unwillig den Kopf. Herrgott noch mal! Er dachte doch nicht an ein langweiliges Museumsbergwerk; seine Gedanken gingen in eine völlig andere Richtung. Und sie gingen nicht nur, sie sprühten! Sie sprühten wie in alten Zeiten. Ja wirklich, die alte Kreativität, sie war wieder dar. Sie war verschüttet gewesen, aber jetzt hatte er sie wiedergefunden. Als sei ein Panzer in ihm aufgeplatzt, so schossen ihm die Einfälle auf einmal durchs Gehirn; ein wahres Ideenfeuerwerk brannte in seinem Schädel ab. »Was für ein Ambiente!«, schwärmte er atemlos. »Denkt doch nur mal an all die Assoziationen, die sich da ergeben: Hades … König Barbarossa … die Reise zum Mittelpunkt der Erde … die Welt der Gnome und Zwerge, ach ja, die fleißigen Zwerge in ihrem Silberberg und da der Drache in seiner Drachenhöhle und all die anderen Höhlenmythen, aus denen sich doch irre was machen lässt. Das ganze Höllengedöns – genau! Die Talfahrt wird als Höllenfahrt inszeniert, so richtig mit Licht-, Nebel- und Geräuscheffekten. Ab in den Orcus! … Zerberus wartet schon. Was für ein Horror! Was für ein Thrill! Schon mal was von Dante gehört? Das ist es! Die Göttliche Komödie für jedermann … Ganz unten im neunten Kreis der Hölle die Satansdisco mit sprudelnden Geysiren … und dann die Lethe … der Fährmann …«

Hassan hatte etwas abseits gestanden und geschwiegen. Aber jetzt ging er auf Harry zu, und indem er auf ihn zuging, verwandelte sich ein geprügelter Hund wieder zurück in einen arabischen Sultan. Der Sultan reichte Harry die Hand. Harry schlug ein.

»Das ist die Lösung.«

»Wir sollten das mal aufzeichnen«, sagte Max.

18
Einlass

»Der Kleine ist noch keine zehn«, sagte Kommissaranwärter Kämmerlein mit einem unguten Gefühl, denn er wusste: Patrick ging zügig auf die zwölf zu.

»Ist in Ordnung«, erklärte der Kartenverkäufer, »dann zahlt er die Hälfte. Das Ticket gilt aber nur für den Silberberg, das Zwergenparadies, das kleine Fegefeuer und die Vorhölle. Alles ab der fünften Sohle ist für Kinder unter zwölf gesperrt.«

»Aber ich bin doch schon dreizehn«, protestierte Patrick, als er das hörte.

Kämmerlein grinste schief.

Printed in Poland
by Amazon Fulfillment
Poland Sp. z o.o., Wrocław

10974364R00107